Fast tausend Tage

Elfi Rother

Fast tausend Tage

Eine Mutter kämpft

Bibliografische Information der Deutschen Nationalbibliothek:
Die Deutsche Nationalbibliothek verzeichnet diese
Publikation in der Deutschen Nationalbibliografie;
detaillierte bibliografische Daten sind im Internet über http://dnb.dnb.de abrufbar.

Layout und Lektorat: Tanja Fürstenberg www.textniveau.de

Herstellung und Verlag: BoD – Books on Demand, Norderstedt

ISBN 978-3-7322437-2-3

Inhalt

Ein Brief von Robert

»Hallo Mum, ich sehe hier keine Hoffnung mehr. Die machen, was sie wollen. Du gehst jetzt an die Medien. Wenn der Fall bis zum 12. September 2013, meinem Geburtstag, nicht in den Medien ist, dann bin ich tot. Ich werde mir das Leben an meinem Geburtstag nehmen, wenn das nicht in den Medien ist. Du solltest wissen, dass ich keinen Spaß mache. Jetzt musst Du nach vorne gehen, ansonsten kann nur mein Tod helfen, denn dann müssen Fragen beantwortet werden. Ich habe die Schnauze voll. Ich habe keine Angst vor dem Tod!!! Ich habe das mit Gott besprochen, […] mein Tod kann das Leben von vielen unschuldigen Menschen ändern […]«

Ich liege nachts im Bett, falte meine Hände und spreche mit Gott: »Bitte, gib Robert deine Kraft, er darf nicht aufgeben.« Immerzu denke ich an die erschütternden Zeilen, die mir mein Sohn geschrieben hat.

Ich versuche, in mir Stille zu finden, ich bin unkonzentriert und meine Gedanken hüpfen hin und her. Ich habe in unserem Haus alle Rollos heruntergelassen, die Dunkelheit soll mich beruhigen, damit ich mich konzentrieren kann. Meine Gedanken, meine Gefühle – alles ein Chaos.

Ich spüre, wie meine zweiundachtzigjährige Mutter versucht, mir unendlich viel Kraft zu geben, wie sie zu mir steht und mich wie ein rohes Ei behandelt. Sie merkt, dass meine Kraft verbraucht ist und sie sorgt sich um mich. Es ist für mich sehr angenehm, mit ihr zu reden. Sie hofft und glaubt ganz fest, dass alles ein gutes Ende nimmt. Das Verständnis meiner Mutter bekommt mir sehr gut. Ich spüre ihre Liebe!

Bis zum 12. September ist es nicht mehr lang, mein Sohn will sich an seinem Geburtstag das Leben nehmen, ich muss alles in die Wege leiten, die Situation darf nicht eintreten.

Ich habe den Hilferuf meines Sohnes an die Kanzlerin, an den Außenminister Guido Westerwelle sowie an den Bundespräsidenten Herrn Gauck mit einem Schreiben von mir weitergeleitet.

Dies ist ein Hilferuf einer verzweifelten Mutter. Seit dem 21. Mai 2011 befindet sich mein Sohn Robert in Untersuchungshaft in Shenzhen, China. Im Januar 2013 fand der erste Prozesstag statt und im März 2013 der zweite. Wegen mangelnder Beweise und nicht ausreichender Indizien wurde der Fall von dem verantwortlichen Richter für weitere vier Wochen der Polizei übergeben, um weitere Ermittlungen zu ermöglichen. Die Ermittlungsphase ist nun seit geraumer Zeit vorbei, wir haben mittlerweile August 2013 und nichts ist passiert.

Das Auswärtige Amt in Guangzhou steht in intensivem Kontakt zu unserem Anwalt. Das Bundespräsidialamt wurde schon öfter von mir in Kenntnis gesetzt und hinreichend über die wesentlichen Fakten informiert. Es muss doch eine Möglichkeit seitens der Bundesregierung bestehen, meinem Sohn einen fairen Prozess zu ermöglichen …

Elfi Rother

Unna, im August 2013

Alles auf Anfang

Ich war fünfzehn, als ich meinen späteren Ehemann kennenlernte und mich auf Anhieb in ihn verliebte. Damals besuchte ich häufig meine Freundin, um mit ihr zu reden, Musik zu hören und Spaß zu haben. Manchmal gesellten sich ihr Bruder und dessen Freund Reinhard zu uns. Reinhard war nicht nur drei Jahre älter, sondern auch dreißig Zentimeter größer als ich, was mir allerdings gar nichts ausmachte. Seine braunen Augen und wunderschön geformten Lippen, die ich unbedingt berühren wollte, hatten mich gefangen genommen. Markenzeichen waren seine braune Cordjacke, die sich hautnah an seinen Körper schmiegte, enge Jeans und rustikale Boots. Um seinen Hals trug er ein Lederband mit zwei dicken Holzperlen. Sein modernes Fahrrad mit hohem Lenker durfte ich jederzeit benutzen, ein Privileg, das ich sichtlich genoss. Überhaupt unternahmen wir viel zusammen, in seiner Nähe war ich glücklich!

Zwölf Monate nach unserem Kennenlernen wurden wir ein Paar. Meine Eltern, vor allem meine Mutter, brachten Bedenken gegen die Beziehung vor. Reinhard trug die für die Siebzigerjahre typischen schulterlangen Haare und meine Eltern vermuteten Rauschgiftkonsum.

»Meine Güte, mit welchen Leuten du dich abgibst! Wir werden den Kontakt auf jeden Fall verbieten!«, sagte meine Mutter in einem Ton, der keine Widerrede zuließ.

Ich erhielt Ausgehverbot, durfte mich nicht mehr mit Reinhard treffen, ich wurde ständig kontrolliert. Eine schreckliche Zeit, in der ich oft log, um das Haus verlassen zu können, damit ich ihn sehen konnte.

Irgendwann hatte ich das Schwindeln so satt, die Situation wurde unerträglich, und Reinhard und ich fassten den Plan, von zu Hause abzuhauen. Wir kamen bei einem Freund unter, ich schwänzte die Schule und fühlte mich endlich mit meinem Liebsten verbunden. Dieser Freund aber setzte sich mit meinen Eltern in Verbindung, führte sie sogar zu uns. Eines Nachmittags klingelte es an der Tür. In dem Glauben, es sei Reinhard, der für uns Tee hatte kaufen wollen, öffnete ich. Meine Mutter stand vor mir und blitzte mich aus zusammengekniffenen Augen an.

»Du packst jetzt sofort deine Sachen und kommst mit uns!«, sagte sie und schob mich in die Wohnung. Missbilligend schaute sie sich um, als suchte sie meinen Freund, um auch diesen anzuherrschen.

»Aber …«, stammelte ich.

»Sei still! Und ich hoffe für dich, dass du kein Kind erwartest!«, schrie sie und ohrfeigte mich. Es war so demütigend, aber wieder fügte ich mich. Ohne mich von Reinhard verabschieden zu können, fuhr ich mit meinen Eltern zurück in mein altes Leben.

Tag für Tag dachte ich daran, was zu tun sei, um ausziehen zu können. Ich strengte mich an, den Schulabschluss gut zu bestehen, bewarb mich schließlich an der Schule für Krankengymnastik in Köln. Kurze Zeit danach lud man mich zur Aufnahmeprüfung. Ich war überglücklich! Nach drei Tagen erhielt ich bereits den Bescheid mit der Post. Ich öffnete das Kuvert mit zitternden Händen: Es war die Absage!

Ich wusste weder aus noch ein, konnte ich mir doch keinen anderen Beruf vorstellen. Und als sei dieses Dilemma nicht schon schlimm genug, rief Reinhard mich an und meinte, er habe eine Stelle in Paderborn an der Gesamthochschule bekommen, um dort seinen Zivildienst zu leisten. Für mich brach die Welt zusammen, was sollte ich tun? Reinhard in Paderborn, ich mit meinen Eltern in Dortmund!

Ich musste mir etwas einfallen lassen. Also erkundigte ich mich nach beruflichen Möglichkeiten für mich in Paderborn. Ein Studium zur Ökotrophologin bot sich an; Voraussetzung war ein einjähriges Praktikum in einer Großküche. Ich bewarb mich für eine hauswirtschaftliche Tätigkeit in der Mensa an einer Paderborner Gesamtschule. Ich hatte Glück, ich bekam die Praktikumsstelle. Jetzt war es an der Zeit, meinen Eltern klarzumachen: Ich ziehe nach Paderborn zu meinem Freund!

Meine Eltern waren natürlich nicht damit einverstanden, letzten Endes ließen sie sich aber doch umstimmen. Reinhard und ich kümmerten uns sofort um eine günstige Wohnung, was sich als äußerst schwierig herausstellte. Reinhard mietete schließlich ein Zimmer über einem Bierlager an. Keine Toilette, ohne Dusche – die sanitären Anlagen befanden sich unten bei den Mitarbeitern der Firma – und weitere vier Studenten wohnten dort. Mich störte das alles nicht, ich zog ein. Die Hauptsache war, dass ich endlich mit meinem Reinhard zusammen sein konnte. Wir liebten uns inzwischen so sehr, dass wir gemeinsam alle Widrigkeiten in Kauf nehmen konnten.

Unser Zimmer richteten wir mit Apfelsinenkisten und Matratzen vom Trödelmarkt ein, ich nähte schöne Überwürfe, Reinhard baute Kisten, die wir als Schränke benutzten, wir kauften Sisalteppiche und legten unsere Räumlichkeiten damit aus. Im Laufe der Zeit wurde es immer gemütlicher! Mit den anderen Mitbewohnern lebten wir in einer freundlichen Wohngemeinschaft. Wir lernten damals viele nette Menschen kennen.

Reinhard absolvierte während dieser Zeit eine Ausbildung zum Funkamateur, wie schon einige Studenten vor ihm, und erstand die benötigten Gerätschaften. Man konnte auf diese Weise mit der ganzen Welt in

Verbindung treten. Menschen zu erreichen, gleich, wo sie lebten, faszinierte mich und so dauerte es nicht lange, bis auch ich mich zu dem Kurs anmeldete. Unter den dreißig Teilnehmern war ich die einzige Frau. Zunächst verstand ich von der Technik nicht viel, und ich lernte alles auswendig. Nach einigen Wochen begriff ich jedoch die Zusammenhänge und bestand die Prüfung mit dem besten Ergebnis an diesem Tag. Ich erhielt die Lizenz und meinen Rufnamen: WW1WT. Mit diesem Rufzeichen konnte ich als Funkamateurin kommunizieren und weltweit viele Menschen kennenlernen.

Reinhard beendete sein Studium mit Auszeichnung innerhalb der Regelstudienzeit. Die meisten seiner Kommilitonen traten im Anschluss eine Stelle bei Nixdorf an, Reinhard jedoch arbeitete für einen Unternehmensberater im Außendienst. Montags fuhr er zur Arbeit, kam donnerstags nach Hause. Allein zu bleiben, machte mir nichts aus, ich freute mich vier Tage auf unser gemeinsames, langes Wochenende, das wir sportlich aktiv gestalteten. Wir reisten oft nach Holland, surften begeistert auf dem Ijsselmeer. Mein Mann – wir hatten inzwischen geheiratet – spielte auch gerne Tischtennis, wozu ich allerdings keine Lust hatte, und ich fing an, mir andere Hobbys zuzulegen. Ich nähte eigene Kleidung und gab Kochkurse an der Volkshochschule in Dortmund. Viele meiner Freunde habe ich damals kennengelernt.

1980 erfüllten wir uns einen Traum: Wir bauten ein Haus! Um die Kosten bewältigen zu können, planten wir Mietwohnungen ein. Reinhard wechselte seine Stelle und wirkte an einem Forschungsprojekt an der Universität mit! Als der Forschungsauftrag auslief, fand er eine Anstellung in einer Arztpraxis, wo er für die Computertechnik verantwortlich war. Ich arbeitete erst als Hauswirtschaftslehrerin, dann erhielt ich ein verlockendes Angebot als Leiterin in einem Heim für psychisch Kranke. Ich war nun die Chefin sowohl im hauswirtschaftlichen als auch im pädagogischen Bereich. Ich arbeitete mit anderen Pädagogen zusammen und wurde Bezugsperson für die Erkrankten.

Es waren wunderbare Monate, mein Mann und ich waren glücklich, schienen an einem Ziel angekommen zu sein. Und Reinhard, ein richtiger Familienmensch, wollte unbedingt Kinder und mit mir viel Zeit verbringen. Es dauerte nicht lange, und ich wurde schwanger! Am nächsten Tag erzählte ich freudestrahlend einer Arbeitskollegin davon, bekam jedoch wenig später starke Schmerzen und fiel in Ohnmacht. Dem herbeigerufenen Notarzt erklärte ich meinen Zustand. Er setzte ein besorgtes Gesicht auf und er lag richtig. Komplikationen traten auf, ich wurde ins Krankenhaus eingeliefert und sofort operiert. Ein Eierstock musste komplett entfernt werden, der andere zu einem Viertel. Ich hatte unfassbares Glück, denn der Eierstock stand kurz vor einem Durchbruch!

»Es tut mir sehr leid, Frau Rother, aber machen Sie sich bitte keine Hoffnung. Aus dem Kinderwunsch wird nichts mehr«, meinte der Arzt nach der Operation.

Reinhard und ich konnten und wollten das nicht glauben. Unsere Welt stürzte ein! Wir wünschten uns nichts sehnlicher als ein Baby und jetzt sollten die Kinderzimmer in unserem Haus leer stehen? Schweren Herzens fand ich mich mit der Situation ab, richtete mir ein Nähzimmer ein und fuhr damit fort, für mich zu nähen. Ich kann nicht sagen, warum, aber plötzlich kamen mir Ideen für Babykleidung. Ich schneiderte Strampelanzüge und häkelte Babydecken, als sei ein letzter Funke Hoffnung noch nicht in mir erloschen. Und tatsächlich: Nach drei Monaten wurde ich erneut schwanger! Wir bekamen sofort einen Termin in dem Krankenhaus, in dem ich operiert worden war. Die Schwangerschaft wurde bestätigt. Alles drehte sich um meinen Zustand, denn dies war keine normale Schwangerschaft, sondern eine Risikoschwangerschaft. Ich hoffte und bangte, dass sich das Ei in die Gebärmutter einnistet. Drei Monate lang suchte ich einmal in der Woche meinen Frauenarzt auf. Diese zwölf Wochen vergingen sehr langsam, ich durfte nicht mehr arbeiten, sollte mich schonen. Einfacher gesagt, als getan, da ich doch immer gerne in Aktion war.

Endlich stand der entscheidende Frauenarzttermin an, und wir waren reichlich nervös. Wir meldeten uns an der Rezeption an, brauchten nicht lange zu warten, sondern konnten sofort ins Sprechzimmer eintreten, wo der Arzt uns mit einem breiten Grinsen empfing. Er bemerkte unsere Nervosität, deshalb sagte er rasch: »Herzlichen Glückwunsch, Sie werden Eltern! Es ist alles so, wie es zu diesem Zeitpunkt der Schwangerschaft sein soll!«

Wir konnten unser Glück nicht fassen! Der Arzt überreichte mir den Mutterpass, den ich wie ein kostbares Geschenk entgegennahm. Errechneter Entbindungstermin war der 12. September 1982.

Reinhard und ich fuhren dorthin, wo wir uns zum ersten Mal geküsst hatten, wir haben gebetet und gedankt, uns dann vor Freude in die Arme genommen und waren in diesem Moment die glücklichsten Eltern der Welt!

Zurück in unserem Haus dachten wir über die Einrichtung des Kinderzimmers nach.

»Junge oder Mädchen, also blau oder rosa«, sagte mein Mann.

Wir schauten uns an, dann lachten wir laut.

»Weder noch, einfach bunt!«, lautete meine Meinung.

»Unser Kind bekommt auch keine gekauften Möbel, sondern selbst gemachte.«

Reinhard und ich legten los, besorgten im Baumarkt eine individuell geschnittene Platte für den Wickeltisch, bauten quadratische Kisten, welche wir als Schrank für die ersten Babysachen benutzten. Derlei Möbel gibt es heute übrigens auch bei einem großen schwedischen Möbelhaus zu kaufen … Rechts und links Türme aus Holz, auf die wir die Platte für den Wickeltisch legten. Für die Wände wählten wir eine Tapete mit kräftigen Farben. Ich besorgte einen alten Wäschekorb, Reinhard baute Räder darunter, ich nähte für den Korb ein Innenleben mit kindgerechten Stoffen. Noch ein Betthimmel und eine gute Matratze und schon besaßen wir den schönsten Stubenwagen, den wir uns denken konnten. Lange bevor das Baby kam, fuhr ich mit dem Wagen hin und her. Ein farbiger Teppich mit verspieltem Muster sowie ein alter Ohrensessel, in den ich mich zum Stillen hineinsetzen wollte, rundeten das Zimmer ab. Wir waren stolz auf unser Werk, das wir für unseren Nachwuchs geschaffen hatten. Es verging kein Tag, an dem wir nicht gemeinsam im Kinderzimmer saßen und von dem Baby träumten: Wird es ein Junge oder ein Mädchen, wie sieht es wohl aus und, natürlich die wichtigste Frage, wird es gesund sein?

Mein Bauch wurde dicker und dicker und ich präsentierte ihn voller Stolz, die ganze Welt sollte erfahren, dass ich schwanger war. Ich war noch viel unterwegs, kaufte mir Umstandskleidung, stöberte in Babygeschäften und in Secondhand-Läden, es war fantastisch! Wir suchten uns ein Krankenhaus aus, das unseren Vorstellungen entsprach. Wir berechneten den Weg mit dem Auto zur Entbindungsabteilung – exakt zwölf Minuten. In diesem Krankenhaus arbeiteten auch qualifizierte

Hebammen, und ich entschied mich für eine ältere Dame namens Mia. Ich suchte Mia einmal in der Woche für die Schwangerschaftsgymnastik auf. Sie gab uns viele praktische Tipps mit auf den Weg, verfügte sie doch über einen großen Erfahrungsschatz. Sie lehrte schon vor dreißig Jahren die Männer, wie die Gebärende unterstützt werden kann.

»Wenn die starken Wehen kommen, schaut während des Hechelns oder Pressens auf den Sekundenzeiger, denn eine Wehe hält nie länger als sechzig Sekunden. Dreißig Sekunden müsst ihr aushalten, dann wird der Wehenschmerz weniger!«, waren Mias Worte an uns.

In jenem heißen Sommer kämpfte ich mit meiner Fülle. Meine Beine und Hände schwollen an, ich konnte den Ehering nicht mehr abstreifen. Reinhard musste den Ring mit einer Zange durchkneifen. Es war auch höchste Zeit, die Finger verfärbten sich bereits!

‚Wie schön, das Babyzimmer fertig zu haben', dachte ich oft.

Wir brauchten noch einen Kinderwagen, und Reinhard fand einen, bespannt mit dunkelbraunem Cord und mit großen Rädern. Toll sah der aus, richtig modern. Ab und zu ertappte ich meinen Mann dabei, wie er den Kinderwagen in unserem Wohnzimmer spazierenfuhr. Welche Gedanken mögen ihm durch den Kopf gegangen sein! Seine Vorfreude begeisterte mich, ich tat schließlich dasselbe. Kam er nach Hause, begrüßte er mich und meinen ausgeprägten, runden Bauch und sprach mit unserem Baby – unvergessliche Momente. Der errechnete Termin rückte immer näher, ich hatte die letzten Untersuchungen beim Frauenarzt absolviert, die Hebamme war auf uns vorbereitet, die Krankenhaustasche für das Baby und für mich stand gepackt im Flur. Es konnte losgehen!

Am 12. September 1982 morgens um 8.45 Uhr platzte die Fruchtblase. Freude kam auf, wir zogen uns an und fuhren sofort ins Krankenhaus.

Auf der Tür zur Entbindungsstation klebten kleine Babybilder. Auf einem Schild daneben war zu lesen: »Bitte klingeln!« Meine Hebamme Mia empfing uns liebevoll. Bei der Untersuchung stellte sie fest, dass der Muttermund fünf Zentimeter geöffnet war.

»Es wird noch etwas dauern, ich bereite euch ein schönes warmes Bad.«

Wir genossen das Bad, ab und zu hatte ich Unterleibsschmerzen, aber alles zu ertragen! Es war mittlerweile zehn Uhr, als wir das Badezimmer verließen. Mia zeigte mir mein Zimmer, in dem ich mich noch aufhalten konnte – ein Wohlfühlzimmer mit Wickeltisch, einem hübschen Babybettchen, eigenem WC mit Dusche. Wir waren so gespannt, weil wir nicht wussten: Wird es ein Junge oder Mädchen?

»Ich habe eine Idee! Die Etage liegt im sechsten Stock, ideal für eine Antenne. Ich fahre schnell nach Hause und hole meine Funkamateurausrüstung«, sagte Reinhard unvermittelt. Seine Augen strahlten und seine Wangen glühten.

Ich blickte zur Uhr, es war bereits elf, doch bevor ich meine Bedenken aussprechen konnte, war mein Mann auf dem Weg.

‚Oh', dachte ich, ‚jetzt wird es knapp.'

Meine Unterleibsschmerzen wurden stärker, die Abstände zwischen den Wehen kürzer. Eine halbe Stunde später quälte ich mich aus dem Bett, suchte, verschwitzt wie ich war, die Hebamme auf. In diesem Moment schoss Reinhard mit Funkamateurkoffer und Antenne um die Ecke.

»Geht's los?«, rief er.

»Nein, wir haben noch etwas Zeit«, sagte Mia. »Bauen Sie Ihre Sachen auf und kommen Sie dann in den Kreißsaal.«

Mia traf die Vorbereitungen, damit ich auf dem Entbindungsbett Platz nehmen konnte. Ich saß mehr darauf, als dass ich lag, neben mir

Reinhard. Ein gutes Gefühl, denn die Wehen wurden heftiger und die Abstände immer kürzer. Ich hatte kaum Ruhephasen. Plötzlich fiel mir die Uhr mit dem Sekundenzeiger ein. Ich riss Reinhard fast die Uhr vom Arm, um sie im Auge zu behalten. Bei der nächsten Wehe spürte ich den Schmerz kaum noch, weil ich nur die ersten dreißig Sekunden im Kopf hatte. Danach ging es bergab mit dem Wehenschmerz, und zwei Minuten später hörte ich die Hebamme rufen: »Pressen, pressen, ich sehe schon das Köpfchen.« Ich presste mit aller Kraft, die mir zur Verfügung stand, ich konnte bald nicht mehr, ich war erschöpft, das Uhrenarmband hatte ich zerrissen. Und dann ertönte der erste Schrei unseres Babys, ein Junge, unser Robert war auf die Welt gekommen. An ihm war alles dran, Haare, Fingerchen, Füßchen. Sie legten ihn auf meinen Bauch und Reinhard durfte die Nabelschnur durchtrennen. Die Tränen flossen wie ein Wasserfall.

»Alles gesund und alles dran«, hörte ich meinen Mann nuscheln. Der Kleine wurde in Decken gehüllt und Reinhard in die Arme gelegt. Dies ist einer der schönsten Momente, die ein frischgebackener Vater erlebt. Meine Schmerzen verschwanden augenblicklich, ich empfand reine Glückseligkeit.

Wir blieben noch eine Stunde im Kreißsaal, bevor wir auf das Zimmer gebracht wurden. Robert lag in meinem Arm und Reinhard schob uns in unserem Bett. Als die Zimmertür ins Schloss fiel, waren wir zu dritt, eine richtige kleine Familie. Diese Momente lassen sich kaum in Worte fassen, sind sie doch auf eine Weise unwirklich, aber dennoch echt.

Reinhard berichtete voller Stolz über Funk und am Telefon unseren Bekannten, Freunden und der Familie von der Ankunft unseres wunderbaren Sohnes. Die Freude war auf allen Seiten riesengroß. Für den

Abend hatte mein Mann eine Party arrangiert. Er feierte immer gerne und lud zwanzig Personen ein, um auf das Baby zu »pinkeln«, also anzustoßen. Tagsüber bekam ich Besuch von den frischgebackenen Großeltern und engen Freunden. Reinhard fuhr nach Hause, um seine Feier vorzubereiten, kam zwischendurch zu uns ins Krankenhaus, um nach uns zu sehen – ehrlich gesagt, um seinen Sohn zu sehen. Er hatte keinerlei Berührungsängste, es schien, als hätte er schon oft ein Baby im Arm gehalten. Er hob Robert aus seinem Bettchen und alberte mit ihm herum.

»Unser Kleiner ist eine gelungene Mischung aus uns beiden«, stellte er fest und küsste die Füße unseres Babys.

»Die Füßchen sind das Beste«, meinte er weiter. »So winzig!«

»Na, wenn er die Füße von dir geerbt hat, passen ihm bald deine Boots.« Wir lachten beide laut, es störte niemanden, lag ich doch allein im Zimmer.

»Ich fahr mal wieder nach Hause. Bis später, meine Schätze!«, verabschiedete sich Reinhard.

Robert war inzwischen hungrig und ich legte ihn an meine Brust an, aber es klappte nicht so, wie wir uns das vorgestellt hatten. Ich klingelte nach der Hebamme, die versuchen sollte, mir beim Stillen zu helfen. In meiner Brust hatte sich noch nicht viel Milch gesammelt. Robert schrie vor Hunger, ich wurde nervös.

»Wir müssen erst üben«, meinte die Hebamme, »so schnell geht das auch nicht.«

Sie brachte ein kleines Fläschchen, an dem er nur nuckeln sollte, ohne Milch darin. Er fand sofort den Sauger und es funktionierte, aber es kam keine Milch, erneut Geschrei, dann gaben wir ihm meine Brust. Der Kleine entwickelte plötzlich großen Ehrgeiz, zog heftig an meiner Brustwarze, merkte, dass er sich anstrengen musste, um Milch zu bekommen. Die Prozedur ermüdete uns beide gleichermaßen und sorgte dafür, dass wir erholsamen Schlaf fanden.

Kurz nach Mitternacht schoben zwei Männer eine Frau mit einem neugeborenen Mädchen in das Zimmer. Robert schrie vor Hunger, ich versuchte ihm meine Brust zu geben, aber es klappte nicht. Die Hebamme übte noch einmal mit uns und bald darauf funktionierte es, allerdings schmerzhaft, ich hatte mir das Stillen schöner vorgestellt. Als Robert satt war, habe ich ihn gewickelt, mit ihm gekuschelt, ins Bettchen gelegt und er schlief rasch ein. Ich unterhielt mich mit meiner Nachbarin und fragte natürlich, warum sie zwei Männer dabei habe.

»Der eine ist mein Ehemann und der andere unser guter Freund, ein Pastor.« Ich war beeindruckt.

»Er will nicht nur Menschen in Trauer begleiten, sondern auch mal erleben, wie es ist, wenn Menschen zur Welt kommen! Die Freude der Eltern erfahren«, erklärte sie.

Wir führten viele Gespräche und kamen uns näher. Seit diesem Tag sind wir Freunde, und ich möchte sie in meinem Leben nicht missen.

Nach drei Tagen konnte ich das Krankenhaus verlassen. Mit dem Stillen wurde es nicht besser, Robert zog so stark, dass mir jedes Mal die Brustwarzen wehtaten. Mittlerweile waren sie sehr gerötet – hoffentlich keine Entzündung, aber es ging alles gut. Reinhard holte uns ab, wir verließen die Entbindungsstation, und Mia, unsere nette Hebamme, die an diesem Tag Dienst hatte, gab mir noch einige Tipps: »Denk an den Kinderwagen! Erst eine Styroporplatte, dann die Matratze, damit von unten nicht die Kälte durchkommt. Und besuch die Rückbildungsgymnastik!«

‚Ja, ja', dachte ich. Aber sie hatte Recht und verfügte über jahrelange Erfahrung.

Endlich in unserem Haus!

Den Kleinen legten wir in seinen fahrbaren Stubenwagen, so war er immer bei uns. Mein Mann kochte uns einen Kaffee, gemütlich trinken konnten wir ihn allerdings nicht. Robert machte sich bemerkbar, erst leise, dann in drängenderem Tonfall bis hin zum lauten Geschrei. Ich ging mit ihm ins Kinderzimmer, setzte mich in den bequemen Sessel und versuchte ihn zu stillen. Es klappte problemlos. Reinhard nahm ihn hoch für ein Bäuerchen, legte ihn in seinen Stubenwagen und Robert schlief zwei Stunden. Der Rhythmus wiederholte sich ungefähr sechs Wochen lang im Drei-Stunden-Takt. Ich beschloss, abzustillen, fütterte ihn mit Milch und Haferflocken aus einem Fläschchen. Robert trank, bis nichts mehr übrig blieb, aber wirklich gar nichts! Erschöpft ließ er seine Ärmchen fallen, sein kleiner Körper sackte zusammen, so richtig fertig und geschafft. Welch ein niedlicher Anblick! An meiner Schulter machte er sein Bäuerchen, ich wickelte ihn und legte ihn in den Stubenwagen. Nach zwei Stunden wachte er auf und beschäftigte sich. Nach acht Wochen schlief er nachts durch, ab der zwölften Woche brauchte er weniger Schlaf, er wollte etwas höher liegen und dabei sein, um viel sehen zu können. Wir besuchten den Dortmunder Weihnachtsmarkt, er verfolgte die bunten Lichter und war so friedlich. Ein problemloses Kind, das sich gut mit sich selbst beschäftigen konnte, und wir nahmen ihn überallhin mit.

Im Sommer 1983 reisten wir mit unserem Wohnwagen nach Kroatien an den FKK-Strand. Reinhard beschäftigte sich die meiste Zeit mit Robert, blödelte mit ihm herum, er liebte seinen Sohn über alles. Wir beide waren glücklich, und ich genoss die Stunden für mich, legte mich in die Sonne, las viel. Die Halbinsel, die wir ausgesucht hatten, bot

Gelegenheit zum Tauchen und Surfen. Auch lagen die Temperaturen deutlich höher als während der Urlaube in Holland. In Kroatien schien die Sonne und wärmte das Meer auf, in welchem wir wunderbare Fische beobachteten. Der Stellplatz für den Wohnwagen lag direkt am Strand, für uns ideal, denn Robert saß gerne in unserer Spülschüssel und spielte. Reinhard füllte Wasser in die Schüssel und Robert planschte so heftig, dass sein Vater immer wieder frisches Wasser einfüllen musste. Langeweile kannten wir im Urlaub nicht. Mir fiel allerdings auf, dass ich schnell ermüdete.

Unser erster Urlaub zu dritt ging zu Ende, wir fuhren nach Hause. Kurze Zeit später wusste ich, warum ich oft müde war: Ich war wieder schwanger! Reinhard hüpfte vor Freude. Für ihn stand fest, dass wir dieses Mal ein Mädchen bekommen, eine Angelina, das war sein Wunschname. Auch keine Risikoschwangerschaft, nein, alles normal. Ich verspürte anfangs sogar wenig Heißhunger. Morgens nach dem Zähneputzen wurde mir in den ersten zehn Wochen oft übel und ich musste würgen. Danach verlief die Schwangerschaft nach Plan, mein Gewicht stieg jedoch sehr schnell an, schneller als bei der ersten Schwangerschaft. Jetzt musste ich aufpassen, denn ich hatte das Gefühl, ständig etwas essen zu müssen.

Wenn uns Freunde einluden, konnte ich nicht widerstehen. Reinhard freute sich natürlich über meinen Babybauch.

»Mein Mädchen hat Hunger, sie wird richtig kernig und nicht so eine Zimperliese wie die anderen Mädchen«, sagte er oft. »Sie wird Motorrad fahren und surfen.«

Seine grenzenlose Freude amüsierte unsere Freunde. Auf seinem rechten Knie saß Robert und auf dem linken würde bald seine Tochter sitzen.

Er schwärmte derart euphorisch, dass er ständig einen roten Kopf bekam – nicht nur vom Reden, sondern auch vom leckeren Essen und Trinken –und schlank war er nicht, aber sehr sportlich.

Eines Abends saßen wir bei einem befreundeten Elektroingenieur, der beim Eichamt arbeitete. Dieser Freund besaß ein Blutdruckgerät, das er testen sollte.

»Reinhard, komm mal her, wir messen nun deinen Blutdruck!«

Wir hatten uns zuvor alle den Blutdruck messen lassen, ein Riesenspaß, dann war mein Mann an der Reihe. Unser Freund sagte erst nichts, schließlich meinte er: »Ich glaube, das Gerät ist jetzt defekt.« Wir lachten.

‚Komisch', dachte ich, ‚hier ist nie etwas defekt, im Gegenteil, alles hundertprozentig.'

Aber nun wurde es still in der Runde, wir maßen noch einmal.

»Ich schlage dir vor, den Blutdruck von einem Arzt untersuchen zu lassen«, meinte unser Freund.

Uns war zwar aufgefallen, dass er immer einen roten Kopf hatte, wir dachten uns jedoch nichts dabei. Seitdem wir uns kannten, hatte er ein gesundes Aussehen.

Wir bemühten uns um einen Termin bei einem Internisten, es dauerte nicht lange, in der folgenden Woche suchten wir den Facharzt auf. Wir erzählten von dem Abend, dass wir alle unseren Blutdruck gemessen hatten und bei meinem Mann ein hoher Wert abzulesen gewesen war.

»Gut, dann werden wir mal messen, krempeln Sie bitte den Ärmel Ihres Hemdes nach oben.«

Der Arzt legte die Manschette des Blutdruckgerätes um Reinhards Arm. Er führte einen Versuch durch und tatsächlich: Der Blutdruck war sehr hoch. Er wiederholte den Vorgang.

»Ihr Blutdruck ist zu hoch. Sie messen jetzt vierzehn Tage zu Hause, morgens, mittags und abends, schreiben sich die Werte auf und wir sehen uns in zwei Wochen wieder.«

Reinhard hielt sich an den Plan. Die Werte blieben zu hoch, und nach vierzehn Tagen sah der Arzt sich die Werte erneut an und begann sofort mit einer medikamentösen Therapie. Reinhard sollte jetzt blutdrucksenkende Medikamente einnehmen, weiterhin seine Werte jeden Tag messen und nach einem Monat wieder vorstellig werden.

Mein Mann hatte keine Schmerzen, das Leben ging weiter, die Vorfreude auf unsere Tochter hielt an und Reinhard beschäftigte sich viel mit seinem Sohn. Robert war zwar noch klein, aber er lief bereits mit neun Monaten, und wir unternahmen viel gemeinsam. Mein Bauch hatte im fünften Monat einen gewaltigen Umfang, sodass mir Einiges schon schwerfiel. Robert brauchte wenig Schlaf, spielte am liebsten den ganzen Tag mit Bauklötzen, probierte aus, ständig auf der Suche nach etwas Neuem, beschäftigte sich gerne alleine, und oft hörte man ihn gar nicht.

Nach einem Monat saßen wir zum wiederholten Male beim Arzt. Bang erwarteten wir das Ergebnis.

»Herr Rother, Ihre Werte sind nicht in Ordnung, ich möchte Sie gerne in die Klinik einweisen.«

»Das geht nicht, ich arbeite an einem Projekt, das muss zu Ende geführt werden. Nennen Sie mir bitte eine Alternative.«

Der Arzt telefonierte mit der Uni-Klinik in Essen, dort gab es eine Fachklinik für Bluthochdruck. Die Klinik bot auch eine ambulante Therapie an.

»Was bedeutet das genau?«, fragte Reinhard.

»Sie müssen als ambulanter Patient drei Monate jedes Wochenende ins Klinikum, Herr Rother. Dies ist eine ernst zu nehmende Angelegenheit und Sie sollten jetzt nicht lange überlegen.«

Reinhard streichelte über meinen Bauch.

»Okay, ich muss auch schnell wieder gesund und fit werden, bevor meine süße Tochter zur Welt kommt, denn ich hab noch allerhand mit ihr vor.«

Der Arzt lächelte. »Soll ich Sie für die Therapie anmelden?“, und noch ehe Reinhard antworten konnte, sagte ich zu. Der Arzt telefonierte sofort mit der Klinik, im Dezember sollte die Therapie beginnen.

Mein Mann fuhr also freitags in die Klinik, übernachtete und kam samstags um achtzehn Uhr nach Hause. Es war anstrengend, die Untersuchungen gestalteten sich schwierig, oft verzweifelte Reinhard, denn der Blutdruck senkte sich minimal, aber nicht der Rede wert. Doch waren wir insgesamt froh darüber, die Entscheidung getroffen zu haben. Kaum zu Hause angekommen, nahm er Robert auf den Arm, gab mir auf meinen Bauch einen dicken Kuss, und danach wurde ich mit einem zärtlichen Kuss begrüßt. Samstags deckte ich unseren Tisch besonders liebevoll ein und Reinhard genoss mein leckeres Essen, einen guten Wein oder ein Bier und liebte es, mit Robert und mir am Tisch zu sitzen und sich angeregt zu unterhalten. Er brachte seinen Sohn ins Bett und ich bereitete uns eine Kuschelecke vor, die wir ausgiebig nutzten.

Im Januar 1984 wurde Reinhard dreißig Jahre alt, ich organisierte eine große Feier, richtete ein schmackhaftes Büffet an, mixte unterschiedliche Cocktails, wir tanzten und feierten im ganzen Haus. Zu vorgerückter Stunde tauchten wir ausgelassen in unseren Swimmingpool. Zwischendurch kam die Polizei und bat, die Musik leiser zu stellen, die Nachbarn hätten sich beschwert. Ging nicht, wir hörten Livemusik. Sie grinsten und fuhren ab!

Trotz meiner Schwangerschaft verkraftete ich die Anstrengung gut. Robert ließ uns am nächsten Morgen etwas länger schlafen. Bei Tage überblickte ich dann das Schlachtfeld, Chaos hoch drei! Wir benötigten den ganzen Tag, um wieder alles an Ort und Stelle zu bringen.

Reinhard erfüllte sich unterdessen einen Traum und kaufte noch im Januar ein Wohnmobil und ein neues Surfbrett für sich, und wir reisten nach Holland zum Surfen – ich musste allerdings dieses Mal aussetzen. Das war Reinhards Wunsch gewesen: sein eigenes Wohnmobil und unabhängig sein. Er hatte es geschafft! Wir fuhren nach Stuttgart zum Paragliding, was auch klasse war, da wir unsere Sachen ins Wohnmobil packen konnten und uns um keine Unterkunft zu bemühen brauchten. Wir genossen diese Freiheit sehr.

Die Monate vergingen und Reinhard wurde entlassen. Wir bekamen im März ein Schreiben von der Klinik: »Sie sind organisch gesund!« Wir waren erleichtert. Reinhard nahm seine Bluthochdrucktabletten und wir konnten mit dem Ergebnis gut leben, Bedenken kannten wir nicht, denn wir vertrauten sowohl der Klinik als auch den Ärzten, die ihn untersuchten. Wir freuten uns auf unser Baby, wir wussten immer noch nicht, ob es ein Junge oder ein Mädchen wird. Für Reinhard war es klar, ein Mädchen, eine Angelina, ich wollte den Namen ‚Melina'. Weil wir uns nicht einigen konnten, ließen wir dies offen.

1. April 1984 – ein Sonntag, Robert tippelte zu Reinhard ins Bett, um zu kuscheln und zu toben, ich stand früh auf und bereitete das Frühstück zu. Reinhard kümmerte sich um seinen geliebten Robert, wusch ihn und zog ihn an. Meine Männer kamen zum Frühstückstisch und wir früh-

stückten gemeinsam. Wie jeden Sonntagmorgen fuhr Reinhard zum Tischtennis – seit seinem sechzehnten Lebensjahr übte er diesen Sport aus –, er traf sich mit seinen alten Freunden, mit denen er gleichzeitig spielte. Gegen Mittag kam er nach Hause, so auch an diesem Sonntag!

Nur an diesem Tag war es anders. Kaum zu Hause, klagte er über Brustschmerzen, legte sich aufs Sofa. Robert sah es als Zeichen zum Toben und flitzte zu seinem Papa. Reinhard nahm ihn in die Arme und sagte leise: »Jetzt nicht so toben, mein Süßer, Papa hat Schmerzen in der Brust.« Als ob der Junge das sofort verstanden hätte, löste er sich vom Oberkörper seines Vaters und setzte sich ans Ende des Sofas, schnappte sich ein Bilderbuch und wollte Reinhard etwas vorlesen.

Mittlerweile war ich sehr beunruhigt, denn Reinhards Schmerzen wurden heftiger. Ich rief einen Notarzt an, doch bis der kam, verging eine Ewigkeit, schließlich war Sonntag und ein Notarzt, der heute Dienst schob, hatte viele weitere Termine. Als er ankam, sah er meinem Mann die Schmerzen an. Er begann mit seinen Untersuchungen: Blutdruck normal, EKG in Ordnung.

»Ich gebe Ihnen jetzt Schmerztabletten, und wenn es nicht besser wird, rufen Sie mich am Abend an.«

Nach der Einnahme der Tabletten verzogen sich die Beschwerden für zwei Stunden, danach kehrten sie dermaßen heftig zurück, dass Reinhard sagte: „Ruf bitte den Arzt!“

Ich versuchte mehrmals, den Arzt anzurufen. Als ich ihn endlich erreichte, kam er sofort, führte die gleichen Untersuchungen durch und konnte nichts Auffälliges feststellen. Er wusste auch keinen Rat, spritzte Reinhard ein stärkeres Schmerzmittel und meinte, wenn es nicht besser würde, sollten wir ins Krankenhaus fahren. Er verabschiedete sich und wünschte gute Besserung.

Die Schmerzen wurden heftiger und heftiger, nervös lief ich zu unseren Nachbarn, erzählte ihnen, ich müsste mit Reinhard umgehend ins Krankenhaus, fragte, ob sie auf Robert aufpassen könnten.

»Natürlich! Kein Problem.«

Die Nachbarin kam sofort zu uns, packte für Robert ein paar Sachen zusammen und nahm ihn mit. Robert folgte ihr brav, denn er spürte, dass heute alles anders war, er lief noch rasch zu seinem Vater und gab ihm einen dicken Kuss.

»Tschüss, Papi«, sagte er.

Er winkte ihm nach und verschwand mit der Nachbarin. Ihr Mann blieb bei uns, ich rief die Notrufnummer an, ständig besetzt.

»Wir fahren in die Städtischen Kliniken, die befinden sich hier in der Nähe und wir sind schneller da", beschlossen wir.

Unser Nachbar machte sein Auto startklar, verstellte die Sitze so gut es ging in Liegeposition und wir versuchten, Reinhard in den Wagen zu bekommen. Dies gestaltete sich schwierig, denn er konnte kaum noch laufen. Endlich schafften wir es. Ich hatte die notwendigsten Sachen für die Klinik dabei. Wir fuhren los, besser gesagt, wir rasten los!

Als wir am Klinikum ankamen, begaben wir uns direkt zur Ambulanz, wo auch die Krankenwagen standen. Ich sprang aus dem Auto, lief zu dem Tor, das sich normalerweise öffnete, wenn man an die Lichtschranke fuhr, aber es tat sich nichts, ich klingelte, doch niemand erschien. Nach wiederholtem Klingeln öffnete sich das Tor und eine Schwesternhelferin kam mir entgegen.

»Was dauert das alles so lange, bis Sie die Tür geöffnet haben? Mein Mann liegt im Auto und kann nicht mehr vor Schmerzen«, schrie ich.

»Nun regen Sie sich mal nicht so auf, ich werde eine Liege besorgen und dann holen wir Ihren Mann aus dem Auto.«

Mein Gott, brauchte die lange! Sie fuhr die Trage zu unserem Wagen und versuchte mithilfe eines Pflegers, meinen Mann aus dem Auto zu bekommen. Reinhard hatte es in der Zwischenzeit geschafft, selbst zu gehen, er bekam von mir und unserem Nachbarn Unterstützung, um sich überhaupt aufrecht zu halten. Die Schwester, die in der Ambulanz Dienst hatte, teilte uns mit, in welches Untersuchungszimmer wir uns begeben sollten.

»Untersuchungsraum drei bitte, der Doktor kommt gleich.«

Sie nahm Reinhards Daten auf, Geburtsdatum, Krankenkasse und so weiter. Wegen der anhaltenden Schmerzen musste Reinhard sich übergeben.

»Was ist das denn für eine Sauerei?«, schimpfte die Schwester. »Man kann doch nach einer Brechschale verlangen!«

Aber Reinhard konnte bereits nicht mehr sprechen. Nach ungefähr einer Stunde kam der Arzt, führte bei ihm ein EKG durch, maß den Blutdruck und meinte: »Halb so schlimm. Hier im Krankenhaus haben wir kein Bett für Ihren Mann, wir werden ihn in ein anderes Krankenhaus bringen, das noch Betten frei hat.«

»Wie? Sie haben hier kein Bett für meinen Mann frei?«, fragte ich.

»Ja«, sagte der Arzt in arrogantem Tonfall, »wir haben hier nur Betten für Notfallpatienten frei und Ihr Mann ist kein Notfall. Vielleicht hat Ihr Mann etwas Verkehrtes gegessen oder einen Tag vorher über seinen Durst getrunken, das wird schon wieder. Er bleibt zur Erholung in einem anderen Krankenhaus und kann nach ein paar Tagen wieder arbeiten gehen, wenn er will.«

Diese unverschämten Äußerungen kann ich bis heute noch nicht fassen. Der Arzt beauftragte die Schwestern, sich um einen Krankenwagen zu kümmern. Reinhard sollte in die Unfallklinik am Fredenbaum in

Dortmund eingeliefert werden. Es dauerte eine Zeit, bis der Krankenwagen kam, und ich traute meinen Augen nicht, es war kein Transporter, wie wir ihn als Rettungswagen kennen, sondern ein Wagen, in dem man nur sitzend transportiert werden konnte. Reinhard war alles egal, er wollte nur Hilfe.

Ich fuhr mit unserem Nachbarn hinterher. Als wir den Weg zur Notaufnahme der Unfallklinik herauffuhren, kamen uns ein Arzt und eine Schwester entgegen, die auf uns warteten. Wir wurden freundlich begrüßt und in einen Untersuchungsraum gebracht. Die Untersuchungen wurden genau und intensiv durchgeführt, mein Mann bekam sofort Medikamente gegen seine Schmerzen, die besonders stark gewesen sein mussten, weil es ihm danach etwas besser ging. Der Arzt brachte ihn auf seine Station, wo ich auch dabei sein konnte. Er bekam ein schönes Zimmer und wurde an Überwachungsgeräte angeschlossen, hatte am Finger ein Gerät zum Drücken, falls er die Schwester rufen wollte.

Wir fühlten uns gut aufgehoben und entspannten uns ein wenig. Der Arzt betrat das Zimmer, klärte uns auf, gab Reinhard eine weitere Spritze, damit er schlafen konnte, und meinte zu mir, ich solle mich etwas erholen und mich im Flur neben dem Zimmer auf die Bank setzen. Weiter sagte er lächelnd, das Baby brauche jetzt auch einmal etwas Entspannung.

»Wann ist der Geburtstermin?«

»Am 20. April.«

»Wie? Das ist ja in neunzehn Tagen!«

»Ja«, sagte ich, »mein Mann spricht schon die ganze Zeit von einer Tochter, obwohl wir es nicht wissen.«

»Bis später« , verabschiedete sich der Arzt lächelnd.

Ich saß vor Reinhards Zimmertür, unser Nachbar blieb bei mir, wir redeten beide nicht. Ich wurde immer unruhiger, das Herz jagte, nein, ich konnte nicht mehr hier sitzen bleiben, ich schlich leise ins Krankenzimmer und sah meinen Mann. Er lag im Koma! Ich lief auf den Flur hinaus und schrie um Hilfe. Plötzlich standen der Arzt und die Schwester neben mir, gingen ins Krankenzimmer, lösten die Bremsen des Bettes und liefen sofort zum Fahrstuhl und drückten auf 'Intensivstation'.

Der Fahrstuhl kam und kam nicht, er steckte auf einer anderen Station fest. Ich bemerkte, dass der Arzt und die Schwester nervös wurden. Die Schwester lief schließlich dahin, wo der Fahrstuhl festgehalten wurde, drückte auf die Taste und dann kam er zu uns herunter. Sie schoben das Krankenbett mit Reinhard, der bewusstlos im Bett lag, in den Lift. Ich wusste nicht, wo ich mich befand, plötzlich stand ich mit unserem Nachbarn im Vorraum der Intensivstation. Ich saß total versteinert und hielt meinen Schwangerschaftsbauch fest. Ich schaute auf eine riesengroße Uhr, es war 22.00 Uhr – das habe ich heute noch klar vor Augen.

Die Schiebetür der Intensivstation öffnete sich, eine Schwester kam zu mir und meinte, ich solle nach Hause fahren, sie würden mich benachrichtigen, das Baby brauche auch Entspannung.

»Ich soll nach Hause?«, sagte ich zur Schwester. »Mein Zuhause ist da, wo mein Mann ist!«

»Bitte, seien Sie vernünftig.«

»Nein, ich fahre nicht.«

Die Schwester ging zurück.

Stille, nur Stille erfüllte den Raum. Nach einer gewissen Zeit kamen meine Eltern, Schwiegereltern, Reinhards Brüder.

»Was wollt ihr denn hier?«

Keiner sagte was, weiterhin nur Stille.

Ein großer, kräftiger Arzt mit Tränen in den Augen trat an mich heran, nahm mich in den Arm, streichelte meinen Bauch und sagte: »Wir konnten nichts mehr tun.«

»Wie, nichts mehr tun?«

Ganz leise sprach ich, das weiß ich noch, ich war so ruhig.

»Wenn Sie mögen, kommen Sie mit, Sie können sich zu Ihrem Mann setzen.«

In einem Raum, in dem viele Kerzen brannten, sah ich einen friedlich schlafenden Reinhard, ich küsste zärtlich seine Lippen, er war bei mir, ich spürte es, ich war total ruhig. Ich verbrachte eine lange Zeit bei ihm, er gab mir Kraft und Energie, die ich brauchte, ich spürte keine Trauer, ich hatte das Gefühl, er ist neben mir und führt mich. Ich hörte seine Stimme: »Du schaffst das, ich werde dich immer begleiten, ich bin bei dir.«

Mit viel Kraft in meinem Herzen wurde ich von meinem Nachbarn nach Hause gefahren. Ich holte meinen Robert ab und ging mit ihm in unser Haus. Wir legten uns beide ins Bett und ich sagte zu ihm: »Wir werden alles schaffen. Papa hilft uns, er ist bei uns und gibt uns viel Kraft.«

»Wann kommt denn Papi?«, fragte er.

»Papi ist jetzt immer und überall bei uns, wir können ihn nur nicht mehr sehen.«

Robert war mit seinen zwanzig Monaten schon sehr vernünftig, es schien, als hätte er es verstanden. Er war mein Halt und ein Stück von Reinhard, mein Fleisch und Blut, ich liebte ihn über alles, wir waren eins.

Am nächsten Tag kamen Vertreter des Bestattungsinstituts, meine und Reinhards Eltern. Meine Schwiegereltern suchten einen Eichensarg für

Reinhard aus. Natürlich musste er aus Eiche sein, mein Schwiegervater war Zimmermann und Schreiner. Dann wurde die Beerdigung besprochen. Sie sollte in einer Gastwirtschaft mit Verwandten, mit denen wir nichts zu tun hatten, stattfinden.

»Nein, so werden wir es nicht machen! Die Beerdigung wird auf dem Friedhof in der Trauerhalle sein und danach gibt es kein Kaffeetrinken in einer Gastwirtschaft. Ich werde die Freunde zu uns nach Hause einladen, mit denen Reinhard und ich unsere gemeinsame Zeit verbracht haben, und wir werden uns an die schönen Momente erinnern, die wir mit Reinhard hatten«, sagte ich entschlossen.

Funkstille im Wohnzimmer, mein Vater beschäftigte sich mit Robert, die Schwiegereltern fuhren nach Hause und ich steckte mir eine Zigarette an. Ich war ruhig und hatte alles gut durchdacht und auch durchgezogen.

Meine Eltern schliefen bei mir, kümmerten sich in den folgenden Tagen um Robert. Ich hatte noch Termine beim Frauenarzt, der natürlich besorgt war und meinte, das Kind könne eher kommen.

»Aber machen Sie sich keine Sorgen! Fahren Sie in die Klinik, wenn es so weit ist.«

Ich entschied mich, meine Nachbarin und beste Freundin zur Geburt mitzunehmen. Die Klinik wurde von meinem Frauenarzt informiert.

Doch zunächst stand die Beerdigung an, ich fuhr früh mit meinen Eltern und Robert in die Trauerhalle, die auf dem Friedhof untergebracht war. Der Sarg war schön geschmückt mit einem Herzen aus dicken roten Rosen, von seinem Robert, seiner noch nicht geborenen Tochter und von seiner geliebten Frau, von seiner kleinen Familie, die er über alles geliebt hatte. Ich hielt Robert auf dem Arm und streichelte den Sarg, es war ein Verlangen, ich musste es tun. Mir fiel auf, dass viele Menschen gekommen waren. Sie standen draußen vor der Trauerhalle. Ich trug Robert auf dem Arm, mein Baby im Bauch und fuhr zurück in unser schönes Haus. Ich setzte mich, in Gedanken versunken, auf das Sofa, langsam füllte sich das Haus mit den Menschen, die ich um mich haben wollte. Ich wusste, genau so hätte es Reinhard gewollt. Wir waren uns so verbunden, jeder wusste, was der andere dachte. Der Tag endete mit angenehmen Erinnerungen.

Die folgenden Tage waren einsam und leer. Ich erhielt Anrufe von männlichen Personen, die mich trösten wollten. Ich bekam Panik, die Anrufe kamen alle zur späten Stunde, meistens nachts, ich rief meine Eltern an, sie sollten kommen. Ich bekam sogar Telefonate, in denen jemand sagte: »Hallo, ich stehe vor deinem Haus, du brauchst mich nur hineinzulassen.«

Die Todesanzeige stand in der Zeitung und es gab Männer, die sich die Anzeigen herausschnitten und die Witwen belästigten. Viel Zeit zum Nachdenken blieb mir jedoch nicht. Ich hatte meine Freundinnen bereits informiert, dass die Geburt bald losgehen könnte.

Kaum zu glauben, am 20. April 1984 platzte morgens um acht Uhr die Fruchtblase – am errechneten Geburtstermin! Ich telefonierte, meine Eltern passten auf Robert auf, und als meine Freundinnen kamen, fuhren wir gleich ins Krankenhaus. Wir wurden sehr nett empfangen und man zeigte uns das Zimmer, in dem wir uns aufhalten konnten. Ich hatte mich für eine ambulante Geburt entschieden. Ich hätte es nicht ertragen, die anderen Väter zu sehen, die ihr Baby im Arm hielten, und mein Mann konnte dem wunderbaren Erlebnis nicht beiwohnen. Ich spürte, er war da, nur wo genau, wusste ich nicht.

Die Geburt zögerte sich noch hinaus. Wir liefen die Treppen hinauf und hinunter, aber dann kamen die Wehen, oh weh, jetzt zügig zur Hebamme in den Kreißsaal. Wir waren alle aufgeregt. Ich legte mich in das Bett, erinnerte mich an die Uhr mit dem Sekundenzeiger, wie es damals meine alte Hebamme gesagt hatte. Die nächste Wehe deutete sich an, ich rief: »Wer hat eine Uhr mit einem Sekundenzeiger?« Ich hielt kurz darauf eine Uhr in der Hand. Noch eine Wehe, nach einer Minute kam die nächste und dann hörte ich die Hebamme von Weitem rufen: »Ich sehe das Köpfchen, pressen, pressen und noch einmal pressen.« Ich hatte es geschafft!

Am 20. April 1984, an einem Karfreitag, wurde unser Mädchen geboren – ein süßes Baby! Meine Freundin durfte die Nabelschnur durchtrennen. Allen standen die Tränen in den Augen, die Situation war so unerträglich. Die tiefe Trauer über den Verlust meines Mannes konnte ich in dem Moment nicht fassen. Ich dachte, er ist da und kommt gleich. Aber nein, er kommt nie mehr. Er war bei mir, wo, wusste ich nicht, aber er gab mir Kraft. Ich hätte ihn gerne gespürt, in seinen Armen gelegen mit seiner wunderschönen Tochter.

»Wie soll die Kleine heißen?«, fragte die Hebamme.

»Melina-Angelina.«

»Ach, ist das ein schöner Name!«

Sie bekam ein Bändchen mit ihrem Namen. Die Ärzte verabschiedeten sich. Ich sah Tränen, die ihnen die Wangen heruntergelaufen waren. Die Hebamme zog die Kleine noch an und legte sie mir in den Arm. Die Schwester brachte uns in ein kleines Zimmer, wo wir uns drei Stunden erholten. Meine Freundinnen servierten Kaffee und Kuchen, ich hatte keinen Appetit, wurde unruhig und wollte zum Friedhof. Es war unser erster Weg nach der Entbindung. Ich fühlte mich fit, die Kleine hatten wir warm angezogen, und wir besuchten Reinhards Grab.

»Hier ist dein Mädchen«, sagte ich und kniete mich vor seinem Grab nieder.

Meine Freundinnen traten einen Schritt zurück, denn sie konnten ihre Tränen nicht verbergen. Ich sprach eine Weile mit Reinhard, es tat mir gut. Wir fuhren anschließend in unser Haus nach Dorstfeld, wo meine Eltern, Schwiegereltern und die engsten Freunde auf uns warteten. Ich richtete mich auf dem Sofa im Wohnzimmer ein, von dort konnte ich mich mit allen unterhalten. Die Hebamme war auch bei uns, sie versorgte Melina, legte sie mir in die Arme. Robert wollte natürlich auch auf meinen Arm und sofort seine Schwester halten. Sein Großvater half ihm, legte Melina in Roberts Arm. Meine Tränen flossen wie ein Wasserfall, ich konnte mich nicht mehr beruhigen, meine Mutter rief meinen Frauenarzt an und es dauerte nicht lange, bis er kam. Ich bekam eine Spritze, beruhigte mich und schlief ein. Als ich wach wurde, war mein Besuch weg, meine Eltern, die sich um Robert kümmerten, und die Hebamme, die sich um Melina kümmerte, waren noch da.

Ich war weiter müde und ausgelaugt. Die Hebamme umsorgte mich weitere sechs Tage. Dann blieben meine Eltern rund um die Uhr bei uns. Für Robert wunderbar, er liebte seinen Großvater sehr, klar, er durfte alles und Opa machte schließlich nur Dinge, die Robert toll fand. Die Großmutter erledigte nützliche Dinge, aber auch mein Vater kümmerte sich ohne Berührungsängste um Melina, er fühlte sich mit den Kleinen wohl. Meine Mutter besorgte den Einkauf, kochte für uns die leckersten Gerichte und buk die schönsten Kuchen. Sie wollte nur eins: dass ich glücklich war und mit meinen Kindern gemeinsam alles schaffte, so, wie ich es mir vorgestellt hatte! Es funktionierte nicht von heute auf morgen, sie blieben noch einige Zeit bei mir.

Eines Tages klingelte es, mein Vater öffnete die Tür und zwei Beamte vom Jugendamt standen vor uns. Sie betraten ohne Umschweife das Wohnzimmer, begrüßten uns knapp und meinten, sie müssten die Kinder mit ins Jugendheim nehmen, weil ich nicht in der Lage wäre, die Kinder kurz nach dem Tod meines Mannes zu erziehen! Ich dachte: ‘Das darf doch nicht wahr sein!‘ Meine Mutter brauste auf.

»Sehen Sie bloß zu, dass Sie das Haus hier verlassen, und kümmern Sie sich um die Familien, bei denen es wirklich wichtig ist.«

Die Beamten waren dermaßen irritiert von dem Geschrei meiner Mutter, dass sie nicht mehr viel sagten. Sie kehrten ihr den Rücken zu, und in dem Moment nahm meine Mutter ihren Schuh und schmiss ihn den Beamten hinterher. Unglaublich, was wir erleben mussten.

Einen Tag später versicherte ich meinen Eltern, sie könnten nach Hause fahren. Ich musste es jetzt langsam allein schaffen oder wenigstens versuchen. Die folgende Zeit war schwer, ich hatte Behördengänge zu erledigen, musste meine Witwenrente beantragen, außerdem zusehen, dass wir finanziell über die Runden kamen, denn auch meine finanzielle Situation hatte sich geändert.

Bei einem Untersuchungstermin fragte mich mein Frauenarzt: »Alles in Ordnung, wie fühlen Sie sich so?«

»Schrecklich«, antwortete ich.

»Versuchen Sie es noch einmal, mit dem Alltag fertig zu werden. Wenn es nicht klappt, kommen Sie wieder, dann verschreibe ich Ihnen ein Medikament!«

Ständig empfand ich den Druck, ich müsste mit meinen Kindern zum Friedhof, damit Reinhard uns sieht und wir ihm ganz nah sind. Es gab

Situationen, da habe ich im Geschäft Blumen gekauft, bin mit Robert in seinem Bobbycar zum Grab gegangen und habe Melina in ihrem Kinderwagen vor dem Blumengeschäft stehen gelassen, einfach vergessen. Oder ich bin um Mitternacht zum Friedhof gelaufen, ohne Angst und mit beiden Kindern, wir hielten uns am Grab auf, erzählten Reinhard alles, was passiert war, und gingen in Ruhe zurück.

Ich begann zu rauchen, meine Familie fand das überhaupt nicht in Ordnung. »Warum rauchst du denn, du hast doch sonst nicht geraucht?« Sie nervten mich derart, dass ich es einstellte.

Als ich mich mit Freunden traf, trank ich Alkohol, da musste ich mir dann anhören: »Was trinkst du so viel?« Ich war es leid, denn keiner konnte sich vorstellen, wie beschissen ich mich fühlte. Mir fiel ein, dass mein Frauenarzt mir Medikamente verschreiben wollte. Das Angebot nahm ich an und danach ging es mir psychisch besser. Morgens eine Tablette und der Tag lief an mir vorbei, als schwebte ich auf einer Wolke. Alle waren mit mir zufrieden, keiner bemerkte, dass ich bereits über einen längeren Zeitraum Tabletten schluckte. Ging die Packung zur Neige, bekam ich ohne Weiteres ein neues Rezept.

Ich fuhr mit Bekannten mit unserem Wohnmobil nach Spanien in den Urlaub. Melina war drei Monate alt, und Robert, der mit seinen etwas mehr als zwei Jahren sehr verantwortungsvoll auftrat, kümmerte sich fürsorglich um seine Schwester. Wir blieben drei Wochen in Spanien, für die Kinder eine schöne Zeit, aber ich wollte nur nach Hause. Mit Bekannten und deren zwei Jungs reisten wir nach Texel, auch dies ein netter Urlaub. Zurück in Dorstfeld besuchten wir jedes Mal zuerst den Friedhof, das gehörte einfach dazu, sogar die Freunde und Bekannten kamen mit.

Der Briefkasten quoll über, viel Reklame, nur unwichtige Post. Dann öffnete ich einen Brief von der Stadt Dortmund. Ich dachte, ich lese nicht richtig.

Sehr geehrte Frau Rother, Sie wohnen auf einem verseuchten Boden, der sehr belastet ist, mit einfachen Worten ausgedrückt, wenn Sie alle Quittungen noch haben, kauft Ihnen die Stadt Dortmund das Haus mit Grundstück zurück. Ich setzte mich, ich war fassungslos.

In den folgenden Tagen nahm ich Kontakt mit der Stadt Dortmund auf, die mir bestätigte, dass ich auf einem stark belasteten Boden wohnte, auf dem sich krebserregende Stoffe befanden. »Wir sind bereit, Ihnen ein anderes Grundstück hier in Dortmund anzubieten.«

Ich bat meine Nachbarn um Hilfe, wir stöberten die ordentlich geführten Akten durch, die Reinhard von unserem Hausbau in Dortmund angelegt hatte. Es war schwierig, denn Vieles wurde in Eigenleistung erledigt. Wir beauftragten Gutachter, und mein Onkel, ein Architekt, beschäftigte sich ebenfalls mit dem Haus, damit wir nicht mit Verlust verkauften. Ein alter Bekannter, den Reinhard und ich von der Uni kannten und der ein Freund unseres Nachbarn war, unterstützte mich. Als der Verkauf des Hauses begann, stand er stets an meiner Seite und kümmerte sich auch um die beiden kleinen Kinder. Ein Mann, der viel für andere getan hatte, den es beglückte, anderen zu helfen. Wir hatten ihn oft gefoppt: »Die Frau, die dich einmal bekommt, die kann sich freuen.« Denn man konnte sich stundenlang mit ihm unterhalten, er hatte immer ein offenes Ohr, auch für mich.

»Komm, wir packen die Probleme jetzt gemeinsam an, entweder schaffen wir es oder nicht, einen Versuch ist es wert«, sagte er eines Tages.

Es dauerte nicht lange, Hans-Georg löste seine Wohnung auf und zog zu uns nach Dortmund-Dorstfeld.

Ich spürte im Bekanntenkreis und in der Verwandtschaft, dass es ihnen nicht passte, dass ich einen neuen Mann an meiner Seite hatte. Reinhard war im April gestorben und im November wohnte schon jemand anders im Haus. Meine Schwiegereltern brachen den Kontakt ab, zogen sich zurück, es war mir gleich. Es blieb uns eine Handvoll Freunde übrig, echte Freunde, die wir heute noch kennen.

Nach dem Hausverkauf zogen wir einen Schlussstrich. Ein Umzug von Dortmund nach Unna stand bevor. Für mich äußerst emotional, ich hatte das Gefühl, die Erinnerungen an Reinhard blieben zurück, denn der Traum vom eigenen Häuschen war vorüber. Wir bezogen eine Übergangswohnung in der Nähe unseres Grundstücks, auf dem wir mit unserem Architekten ein individuelles Haus bauten. Wir wohnten annähernd zwei Jahre in der Übergangswohnung. Robert, Melina und ich fuhren fast täglich zum Grundstück, um zu sehen, wie es voranging. Die Kinder fühlten sich in der Baugrube wohl, es gab immer viel zu spielen, und Langeweile kam nie auf. Ich sorgte für das leibliche Wohl der Bauarbeiter. Die Kinder lernten auf dem Weg nach Unna das Fahrradfahren. Auf dem Grundstück wurde zuerst eine Bauhütte gebaut, in der wir uns aufhalten konnten – unser kleines Häuschen.

Melina fiel in die Baugrube, brach sich ihr Ärmchen, trug wochenlang eine Schiene, doch machte ihr das nichts aus, sie spielte täglich in einem anderen Dreckloch herum, und wenn sie müde war, legte sie sich auf einen Erdhügel und schlief ein. Zwanzig Meter weiter arbeitete der Bagger, aber Melina hörte nichts. War sie müde, schlief sie tief, egal, wo wir uns aufhielten.

Im Januar 1988 konnten wir in unsere Traumvilla einziehen. Wirklich, für uns nach wie vor eine Traumvilla. Am Umzugstag, es war ein

Wochenende, bekam ich heftige Zahnschmerzen, sodass wir in die Zahnklinik nach Witten fahren mussten, wo mir sofort ein Backenzahn gezogen wurde. Bei jedem Kind wurde mir ein Zahn gezogen, ich weiß heute noch, was ich für unerträgliche Schmerzen hatte.

Am 20. April 1988 feierten wir Melinas Geburtstag auf einem Reiterhof im Sauerland, dort liebte sie besonders die Ponys. Wir verbrachten mit Freunden und deren Kindern einen wunderschönen Tag.

»Ich bin schwanger«, sagte ich Hans-Georg am nächsten Morgen.

»Wie?«, hakte er nach mit leuchtenden Augen.

»Ja, ich bin schwanger.«

Ich wünschte mir ein gemeinsames Kind mit ihm. Mein neuer Frauenarzt in Unna bestätigte die freudige Nachricht. Nun werden wir glücklich in Unna, dachte ich, aber nein, die Vorstellung, Reinhard in Dorstfeld zu lassen, stimmte mich traurig. ‚Was können wir tun?‘, überlegte ich, bis mir die Idee kam, Reinhard nach Unna zu holen. Ich setzte mich mit dem Friedhofsamt in Verbindung, um die Situation zu besprechen.

»Wir könnten Ihren Mann nach Unna auf den Friedhof überführen. Sie müssten sich um einen neuen Sarg kümmern, wir öffnen das Grab in Dorstfeld, nehmen Ihren Mann heraus und betten ihn um.«

‚So problemlos‘, dachte ich.

»Was, wenn die Friedhofsangestellten Reinhard im Grab lassen und nur behaupten, sie hätten die Überführung gemacht?« Hans-Georg hatte kein gutes Gefühl.

Das Friedhofsamt teilte uns schriftlich mit, wann die Überführung durchgeführt würde, nannte allerdings nur den Tag, keine Uhrzeit. Wir riefen an, um nach der Uhrzeit zu fragen, aber es hieß, dass Angehörige nicht dabei sein sollten. Hans-Georg nahm sich an diesem Tag frei, suchte früh den Friedhof auf, um zu beobachten, ob sie Reinhard tatsächlich aus dem Grab holten. Die Gruft wurde geöffnet und man stellte fest, dass es schwierig würde, den Leichnam zu transportieren. Der Eichensarg, erst drei Jahre alt, war zusammengefallen und lag in vielen kleinen Stücken. Die Gruft war mit Wasser gefüllt, der Gestank unerträglich, sie mussten mit Brettern das Grab abdecken, denn sie konnten an diesem Morgen nicht weiterarbeiten. Die Aktion wurde auf zwei Tage später verschoben. Hans-Georg nahm sich erneut einen Tag Urlaub, um von Weitem alles zu beobachten. An diesem Tag war ich dabei, wir waren sehr früh da, keiner von den Friedhofsgärtnern war anwesend. Rasch schob ich ein Brett zur Seite und sah Reinhard. Für andere wäre dies bestimmt ein Schock, einen geliebten Menschen so zu sehen – für mich nicht. Mir war wichtig, dass er mit nach Unna kommt und ich mich darauf verlassen konnte. Ich musste schnell verschwinden, denn von Weitem sah ich die Friedhofsangestellten kommen, wir versteckten uns und beobachteten die Aktion. Alles wurde ordnungsgemäß durchgeführt, wir fuhren hinter dem Bestattungswagen her, sahen, wie sie Reinhard in einem neuen Sarg in die neue Gruft versinken ließen. Eine zweite Beerdigung, keine traurige wie beim ersten Mal, nein, eine beruhigende und geglückte Beerdigung, mit der wir gut leben konnten. Reinhard war bei uns in Unna angekommen.

Robert und Melina meldete ich im Kindergarten an, wo sie neue Freunde fanden. Wir wiederum freundeten uns mit den Eltern an, wir passten alle gut zusammen. Von den Müttern war ich diejenige, die Nachwuchs erwartete, und alle freuten sich auf unser Baby. Eine Frau hatte ich besonders ins Herz geschlossen. Sie war immer nett, zu jeder Tageszeit ansprechbar, hatte immer ein offenes Ohr. Sie freute sich riesig, mit ihr verbrachte ich sehr viel Zeit.

Der errechnete Geburtstermin fiel auf den 8. Januar 1988. Die Weihnachtszeit rückte näher, ich bereitete alles vor, damit ich am Heiligabend nicht mehr viel zu tun hatte. Einen Tag vor Weihnachten besorgten wir uns einen wunderschönen Tannenbaum. In unserer Familie gab es die Tradition, den Weihnachtsbaum am Abend vor Heiligabend zu schmücken. Die Kinder durften nicht dabei sein, sie mussten sich in ihren Zimmern beschäftigen, eine unglaublich schöne und aufregende Zeit, bis endlich der 24. Dezember anbrach. Sie waren aufgeregt und freuten sich auf den bevorstehenden Abend. Bei uns ging es sehr feierlich zu, wir besuchten nachmittags die Kirche, danach wurde das große Wohnzimmer geöffnet und die Kinderaugen wussten nicht, wo sie zuerst hinsehen sollten: zu dem wunderbaren, funkelnden Tannenbaum, zu den vielen Kerzen oder zu den eingepackten Geschenken. Traditionell spielten wir erst Hausmusik, dann sangen wir, die Kinder sagten Gedichte auf. Um an die Geschenke zu kommen, würfelten wir, wie in jedem Jahr. Wir setzten uns in einem Kreis vor den Kamin, der durch sein Feuer für weihnachtliche Stimmung sorgte, und wer eine Fünf würfelte, durfte sich ein Geschenk nehmen, aber nicht auspacken. Wer eine Drei würfelte, durfte sein Geschenk endlich öffnen, aber die anderen mussten zusehen, bis alle ihre Geschenke ausgepackt hatten, bevor mit den neuen Sachen gespielt wurde. Meine Tochter bekam ein Puppenbett, an dem ihr Großvater viele Wochen gearbeitet hatte, Robert ein technisches Spielzeug zum Selbstzusammenbauen. Die Kinder waren wunschlos glücklich. In der Zwischenzeit zogen angenehme Düfte von der Weihnachtsgans und den Bratäpfeln aus der Küche. Ich deckte mit den Großeltern den weihnachtlichen Tisch ein, und wir servierten die leckeren Speisen. Wie jedes Jahr war es auch dieses Mal ein Festmahl, für unsere Familie war der 24. Dezember der wichtigste Tag an Weihnachten.

In diesem Jahr feierten wir allerdings besondere Weihnachten. Beim Abendessen sagte ich zu Hans-Georg: »Bitte, iss etwas schneller, ich glaube, wir müssen in die Klinik.«

»Wie, jetzt?«

»Ich sage dir noch mal, bitte iss etwas schneller.«

Nun hatte er es begriffen. Meine Eltern kümmerten sich um die Kinder und warteten auf uns. Ich erklärte es den beiden und die freuten sich! Es würde ein Christkind. Melina schmiss ihre Puppe aus dem Puppenbettchen und bereitete alles für das Baby vor, denn sie wollte es in das neue Puppenbett legen.

Wir fuhren los, gingen sofort auf die Entbindungsstation, klingelten und mit einem Lächeln wurde uns geöffnet: In dieser Heiligen Nacht waren wir die Einzigen, die auf ein Kind warteten. Die Hebamme untersuchte mich und meinte, es würde noch etwas dauern.

»Wie lange?«, fragte ich.

»Etwa drei bis vier Stunden.«

Da wir nur sieben Minuten vom Krankenhaus entfernt wohnten, fuhren wir zurück nach Hause, brachten die Kinder ins Bett und verabschiedeten uns von den Großeltern.

Um halb elf bekam ich starke Wehen, ließ mir in der Badewanne heißes Wasser auf meinen Rücken laufen, eine Wohltat. Auf einmal ging alles so schnell.

»Hans-Georg, mach das Auto startklar, wir müssen los«, rief ich.

»Ja, gleich«, vernahm ich.

»Nein, sofort!«, schrie ich.

Ich schaute nach den Kindern, telefonierte mit meiner Mutter, sagte ihr, sie solle zu uns fahren, unser Baby käme jeden Moment. Hans-Georg saß im Auto, ich kniete mich auf die Rückbank und los ging es.

»Schneller«, rief ich, die Autofahrt kam mir unendlich lang vor. Kaum angekommen wurde ich ohne Umwege in den Kreißsaal geführt. Die Hebamme unterrichtete den Arzt, ich legte mich auf das Entbindungsbett, wurde untersucht, die Hebamme unterhielt sich kurz mit Hans-Georg, der neben mir stand. Meine Güte, die Wehenabstände wurden immer kürzer.

»Gib mir deine Uhr mit dem Sekundenzeiger.«

Ja, die brauchte ich nun zum dritten Mal, um zu sehen, wann die Wehe auf dem Höhepunkt war und wann ich etwas verschnaufen konnte.

Wir waren hier die einzigen Eltern, die in dieser Heiligen Nacht ein Kind bekommen würden, ein richtiges Christkind. Die Hebamme freute sich, in dieser Nacht zu arbeiten.

Ich hatte nicht viele Wehen, es war erträglich. Von Weitem hörte ich die Hebamme rufen: »Pressen, pressen, mit voller Kraft pressen!« Ein lautes Schreien ertönte und der kleine Schatz wurde mir auf die Brust gelegt. Hans-Georg trennte die Nabelschnur durch. Unser Maximilian kam um 7.58 Uhr in der Heiligen Nacht zur Welt. Er wurde untersucht, mit ihm und mit mir war alles in Ordnung. Im Zimmer konnten wir uns ausruhen, wir beide schliefen vier Stunden fest. Die Familie weckte uns liebevoll, besonders Maximilian wurde nicht mehr losgelassen. Ich zog mich an, Maximilian wurde von Robert und Melina in ein Wickelzimmer geschoben. Hans-Georg kümmerte sich um Maximilian, der beim Ausziehen im hohen Bogen pinkelte, was alle amüsierte. Unser Baby trug denselben Strampelanzug, den zuvor Robert und Melina getragen hatten, als ich sie aus dem Krankenhaus mit nach Hause genommen hatte.

Wir bedankten uns bei der Hebamme und fuhren zurück in das weihnachtlich geschmückte Haus. Die Großeltern öffneten uns die Tür, sie strahlten über das ganze Gesicht. Melina lief mit Robert zum Tannenbaum, um das Puppenbett mit weißen Bettlaken auszustaffieren, und sie legten den kleinen Maximilian hinein. Robert und Melina setzten sich eine Krone auf und spielten die Heiligen Drei Könige. Ein unvergessenes Weihnachtsfest 1988! Dass unser Junge zwei Wochen früher auf die Welt kam, war nicht eingeplant, wir hatten weder Kindernahrung noch kleine Windeln besorgt. Die Weihnachtsvorbereitungen waren für mich wichtiger gewesen. Ich rechnete nicht damit, dass wir ein Christkind bekommen würden.

Über die Weihnachtstage stattete uns das Krankenhaus mit Säuglingsnahrung und Windeln aus. Zehn Tage versorgte unsere Haushebamme das Baby und mich, der pure Luxus, da die komplette Familie wegen der Feiertage zu Hause war, und wir konnten gemeinsam die aufregende Zeit genießen. Der Kleine war total unkompliziert, er genoss es, wie sich alle um ihn kümmerten.

Zwei Wochen nach der Geburt bestritt Robert ein Fußballturnier, wir fuhren in die Halle, um mit dabei zu sein. Freunde konnten es nicht fassen, dass wir den Kleinen schon immer mitnahmen. Aber so war eben unsere Familie, wir versuchten, die Freizeit gemeinsam zu gestalten.

Die Kinder werden erwachsen

Die Kinder wuchsen heran. Melina interessierte sich für Ballett und für Pferde. Sie nahm auch an Turnieren teil, wo sie viele Siegesschleifchen sammelte. Es kam der Zeitpunkt, an dem sie ein eigenes Pferd haben wollte. Es war schwierig, ihr zu erklären, dass wir dafür kein Geld übrig hatten. Wir konnten unseren Kindern Einiges ermöglichen, aber es bewegte sich alles im Rahmen. So kümmerte sie sich um Pflegepferde. Ihr Großvater und ich teilten uns die Fahrerei, denn sie musste zu den unterschiedlichsten Höfen gebracht werden. Mein Vater konnte die Leidenschaft für Pferde nicht verstehen, es war Knochenarbeit. Melina mistete Ställe aus und pflegte die Tiere, aber es war ihre Welt, ihr Gesicht hatte immer rote Bäckchen vor Anstrengung und Freude über ihre Arbeit mit den Pferden.

Robert beschäftigte sich mit Mountainbiking, wir begleiteten ihn zu verschiedenen Rennstrecken und verbanden die Fahrten mit Wochenendtouren, auf denen wir viel Spaß hatten. Maximilian war natürlich zu klein, der wurde überall mitgeschleppt, im Nachhinein denke ich, er konnte sich nie wirklich entfalten. Unsere Ferien verbrachten wir auf Wangerooge, wo wir an Familienfreizeiten teilnahmen. Ein angenehmer Urlaub! Er wurde von der Diakonie durchgeführt, es fuhren Betreuer mit, die sich um die Familien kümmerten, es wurde gebastelt, zusammen gesungen, gespielt. Und das Beste für die Eltern: Die Kinder hatten immer jemanden zum Spielen und die Eltern entspannten sich. Wir brauchten uns um nichts zu kümmern, wir wurden mit dem Bus zum Schiffsanleger gebracht, unsere Koffer auf Container geladen, wir konnten uns mit den Kindern in Ruhe auf das Schiff begeben und der Urlaub fing an. Während der einstündigen Schiffsfahrt beobachteten wir Seehunde auf den Seehundbänken und sahen den Leuchtturm von Wangerooge. Nach einer Stunde stiegen wir um in die kleine Wangerooger-Inselbahn, die uns in den Stadtkern zum Bahnhof brachte. Von dort holte uns das Küchenpersonal mit einem Bollerwagen ab. Nur noch fünf Minuten Gehweg lagen bis zum Ferienhaus vor uns. Hier fuhren keine Autos, die Kinder konnten gleich loslaufen, einige waren bereits öfter hier gewesen und kannten den Weg. In einem schlichten, aber netten Familienhaus ließen wir die Seele baumeln und uns verwöhnen. Wir buchten Vollpension, brauchten uns nur an den gedeckten Tisch zu setzen – Erholung pur für die Eltern. Unsere Tochter entdeckte gleich einen Pferdehof, wo sie die überwiegende Zeit verbrachte, und unsere Söhne beschäftigten sich mit anderen Kindern aus der Gruppe. Wunderbare Urlaube, die wir als Familie erleben durften.

Wir fuhren jedes Jahr dorthin, bis uns ein Pastorenehepaar ansprach, ob wir nicht selbst Familienfreizeiten leiten wollten. Wir brauchten nicht lange zu überlegen, sagten schnell zu und so verbrachten wir wunderschöne Zeiten auf Wangerooge. Die Kinder wurden älter und hatten keine Lust mehr auf die Familieninsel. Sie reisten bei Jugendfreizeiten mit, wo sie viel Neues entdeckten und auch erste Bande zum anderen Geschlecht knüpften. Hans-Georg und ich führten mit großem Eifer nach wie vor die Familienfreizeiten durch.

1996 fand Roberts Konfirmation statt, und wie es so üblich war, bekam er Geldgeschenke. Er fing an, sich für das Aktiengeschäft zu interessieren, las viele Bücher, besuchte Kurse, verfügte bald über umfassendes Wissen und legte sein Konfirmationsgeld am Aktienmarkt an. Er legte sich mehrere Laptops zu, um seine Aktien genau zu beobachten. Diese stiegen und stiegen, er verbuchte erste Gewinne. Eines Tages bekamen wir einen Anruf von einem Geschäftsmann, der Roberts Aktien beobachtete und ihn gerne einstellen wollte, um Aktiengeschäfte zu tätigen. Robert war zu diesem Zeitpunkt noch nicht volljährig, aber er wollte direkt in das Geschäft einsteigen, das Gymnasium abbrechen und sofort nach Frankfurt ziehen. Ich stimmte nicht zu.

»Du machst dein Abitur und danach kannst du ins Aktiengeschäft einsteigen«, sagte ich zu ihm.

Wir konnten uns nicht so recht einigen, also schlug ich ihm vor:

»Solange du noch nicht volljährig bist, werde ich für dich in die Firma einsteigen, als gesetzlicher Vertreter.«

Robert bestand sein Fachabitur, mit achtzehn Jahren zog er nach Frankfurt und tätigte erfolgreiche Börsengeschäfte. Er lernte einflussreiche Personen kennen, die ihn immer weiter förderten. Er trat so selbstbewusst auf, dass er nicht bemerkte, wie er immer mehr und mehr in ein Leben geriet, das für uns normale Menschen nicht nachvollzogen werden konnte. Er entfernte sich von seiner Familie, fragte nicht nach, ob wir mit seinen Geschäften einverstanden waren oder nicht. Er machte es so, wie er es für richtig hielt, und 'prollte' sehr gerne herum, wie seine Schwester es ausdrückte. Sie verstand sich mit ihrem Bruder nicht mehr besonders.

Er wollte imponieren, wir dagegen verstanden seine Art zu leben überhaupt nicht mehr. Wir liebten einfach unseren Robert als Menschen, er musste uns doch nichts beweisen. Er veränderte sich, war in sich gekehrt, nur in Gedanken versunken. Eines Tages, ich war gerade auf Wangerooge, um zu arbeiten, bekam ich einen Anruf von Robert.

»Mama, bitte löse meine Wohnung auf. Ich fliege nach China, dort kann ich arbeiten. Ich werde etwas länger bleiben.«

Ich verlor den Boden unter meinen Füßen. Zum ersten Mal dachte ich: ‚Hoffentlich ist die Freizeit bald zu Ende.' Meine Gedanken waren nur bei Robert, ich konnte mich nicht mehr von ihm verabschieden, es war schrecklich für mich. Meine Familie brachte Robert zum Flughafen und verabschiedete sich, aber keiner fühlte sich wohl dabei.

Unsere Tochter zog nach ihrem Abitur nach Dortmund ins Studentenwohnheim. Sie studierte dort auf Lehramt und hatte einen Freund, der ebenfalls in Dortmund wohnte. Er war der Sohn unserer Freunde – eine lustige Geschichte ...

Meine Freundin feierte ihren fünfzigsten Geburtstag, ich fragte Melina, ob sie uns zur Feier bringen könne. Das Geburtstagsfest versprach lustig zu werden und wir wollten auch einmal etwas trinken.

»Muss das sein, eigentlich habe ich keine Lust.«

»Du fährst uns jetzt hin«, sagte ich sauer.

Sie brachte uns also hin, stieg aus, um meiner Freundin zu gratulieren, und begrüßte ihre Söhne, mit denen sie früher schon gespielt hatte, denn nach Reinhards Tod waren wir zusammen auf Texel gewesen. Mit einem der beiden hatte sie sich angeregt unterhalten, wegen einer anderen Verabredung verabschiedete sie sich allerdings und fuhr ab. Es war eine tolle Fete, unsere Tochter holte uns in den frühen Morgenstunden ab, der Sohn meiner Freundin wartete auf Melina und ließ sich auch von ihr nach Hause bringen. Sie verabredeten sich für den kommenden Tag und seitdem sind die beiden ein Paar.

Robert war also weg, Melina ausgezogen und Maximilian auf einmal Einzelkind. Er kam mit dieser Situation eine lange Zeit nicht zurecht, denn er brauchte nur seine Geschwister zu fragen und sie machten gleich alles für den kleinen Bruder. Es dauerte, bis Maximilian seinen Weg fand, aber jetzt sind wir unheimlich stolz auf ihn und darauf, wie er alles meistert.

Das Weihnachtsfest näherte sich, ich wünschte mir nur eins, obwohl ich wusste, dass der Wunsch nicht in Erfüllung gehen würde ... Robert sollte Weihnachten mit uns feiern. Er kündigte vorher an, er würde keine Zeit haben, weil er in Thailand Geschäfte abwickeln müsste.

So feierten wir unser Familienfest ohne Robert, er fehlte mir und, was ich noch schlimmer fand, er meldete sich über die Feiertage nicht.

Meine Mutter rief am ersten Weihnachtstag an: »Schalt schnell das Fernsehgerät an, in Thailand war ein furchtbares Erdbeben!« Was dort zu sehen war, war unglaublich, eine riesige Flutwelle hatte den Badeort Phuket, wo sich auch Robert aufhielt, überschwemmt. Eine riesengroße Welle rollte auf das Festland zu. Tausende von Toten und Verletzten sahen wir im Fernsehen, wissend, dass unser Robert vor Ort war. Wir konnten keine Verbindung aufbauen, es vergingen Minuten, Stunden und Tage nur mit Bangen, dann, nach fast einer Woche, einen Tag vor Silvester bekamen wir einen Anruf von Robert.

»Hi Mum. Mir geht es bis auf ein paar kleine Verletzungen noch ganz gut, wir liegen hier auf einem Berg mit vielen Verletzten und auch Toten. Wir werden versorgt, können aber nicht rausgeflogen werden, weil der Flugplatz überfüllt ist und die Schwerverletzten zuerst transportiert werden. Macht euch keine Sorgen, ich melde mich wieder, ich hab euch lieb.«

Das hatte er noch nie gesagt, und wir waren froh, endlich ein Zeichen bekommen zu haben! Silvester bekamen wir erneut eine Nachricht.

»Wir werden jetzt zum Flughafen gebracht und können dort auf einen Flug warten.«

Ich hörte im Hintergrund schreiende Menschen und auch Robert war sehr angespannt.

»Ich hoffe, in den nächsten Stunden sind wir dran, dass wir den Flieger besteigen können.«

Die Verbindungen brachen oft zusammen, wir konnten nur abwarten. Nach zwei Tagen meldete Robert sich erneut.

»Wir sind in Shenzhen. Es war die Hölle, das alles mitzuerleben!«

Mein Junge nahm sich Zeit und erzählte mir die ganze Geschichte: »Wir wollten uns ein paar Erholungstage in Phuket gönnen, wir hatten am Strand ein Hotel mit Pool und an diesem Tag länger geschlafen und ausgiebig gefrühstückt. Wir wollten an diesem sonnigen, heißen Tag mit der Tauchschule einen Ausflug auf das Meer unternehmen. Gut gelaunt gingen wir in Badekleidung zur Schule, um ein Ticket zu kaufen, leider waren alle Boote mit je zwölf Personen schon ausgebucht. Blieb nur noch die Möglichkeit, mit dem großen Schiff mitzufahren, was natürlich nicht so abenteuerlich war! Egal, dachten wir, Hauptsache, wir bekommen einen Platz. Es ging raus aufs Meer, ich spürte eine Unruhe, die Kapitäne wurden plötzlich nervös, sie wendeten das Schiff und wir fuhren zurück. Auf einmal sah ich von Weitem einen großen braunen Fleck, er entwickelte sich zu einem riesigen Sog, der alles mit in die Tiefe des Meeres nahm, er raste auf uns zu und verschluckte die kleinen Boote, die kleinen Boote, mit denen wir so gerne gefahren wären. Nichts war mehr von den Booten zu sehen, alle, die auf dem größeren Schiff waren, standen wie gelähmt, starrten vor sich hin, plötzlich trat Panik auf und es war nur noch ein Geschrei auf dem Schiff. Das Schiff konnte nicht mehr in den Hafen, nichts war mehr da, wir prallten gegen einen Berg, das Schiff wurde beschädigt und wir bekamen vom Kapitän die Anweisung, das Schiff ganz schnell zu verlassen. Schreiende Menschen versuchten, sich an dem Berg hochzuziehen, sie rutschten ab und versuchten erneut, zu klettern. Auch für mich war es sehr schwer, das Wasser schwappte an den Berg, alles war rutschig und man fand keinen Halt, ich hatte das Gefühl, wir werden es nicht schaffen, aber dann entwickelte sich bei mir, besser gesagt in mir, eine Kraft, ich werde es schaffen, noch ein bisschen, gleich bin ich oben! Total erschöpft konnte ich einen Platz finden. Ich hatte gar nichts mehr, alles verloren, nur was ich anhatte, war mir geblieben. Shorts, keine Schuhe mehr, die habe ich beim Klettern verloren, egal, ich war sicher. Als wir vom Berg herabsahen, gab es keinen Strand mehr, keine Hotels, wo wir gewohnt hatten, alles war mit Wasser überspült, nichts war heil geblieben, tote Menschen trieben im Wasser, wir kamen von dem Berg nicht weg, wir mussten warten, bis uns ein Weg gebaut wurde, um herunterzukommen. Viele rechts und links neben mir hatten starke Verletzungen, einige waren so erschöpft, dass sie ohnmächtig wurden und nicht mehr zu sich kamen. Wir mussten noch zwei Tage auf dem Berg bleiben, bis wir gerettet werden konnten. Manche wurden mit Tüchern zugedeckt, weil sie es nicht überlebt hatten, bei vielen war der Schock zu groß. Sie brachten uns zum Flughafen, hier mussten wir uns ausweisen, aber es war doch nichts mehr vorhanden, wir hatten nichts, gar nichts. Das Reiseunternehmen erledigte für uns den bürokratischen Teil, das Auswärtige Amt war auch sehr bemüht.«

Ich war jetzt froh, von meinem Sohn alles gehört zu haben, ihm ging es den Umständen entsprechend gut und für eine Mutter ist das am wichtigsten. Sind meine Kinder wohlauf, geht es auch mir gut!

Fast zwei Jahre hatten wir Robert nicht mehr gesehen, als er spontan anrief.

»Mama, ich bin bald in Düsseldorf, kannst du mich abholen?«

Natürlich! Ich ließ alles stehen und liegen, um meinen Sohn vom Flughafen abzuholen. Er hatte nie viel Zeit, flog meistens nach zwei Tagen weiter. Ich versuchte, seine Schwester, die Großeltern und alle zusammenzutrommeln, um einen gemeinsamen Abend zu erleben, aber es klappte nicht so richtig. Melina hatte oft keine Zeit, was ich verstehe, denn wenn Robert kam, meinte ich, alle anderen müssten jetzt ebenfalls alles stehen und liegen lassen. Wir sahen ihn doch so selten ...

2007 wurde ich fünfzig, und Robert hatte uns nach China eingeladen. Ich flog mit meinen beiden Kindern nach China, Hans-Georg hatte uns nach Düsseldorf zum Flughafen gebracht, winkte uns und wir stiegen in den Airbus, der von Düsseldorf direkt nach Hongkong flog. Dreizehn Stunden Flug lagen vor uns. Wir waren neugierig, was uns erwarten würde.

In Hongkong holte uns Robert vom Flughafen ab. Wir fuhren noch eineinhalb Stunden bis Shenzhen. Die Millionenstadt beeindruckte uns, wir fühlten uns auf einmal so klein, wir passten nicht hierher. Eine andere Welt, wirklich eine andere Welt. In Roberts Wohnung empfing uns seine asiatische Bekannte. Die Haushälterin hatte für uns eine Hühnersuppe gekocht und sie wurde uns angeboten. In Asien wird das Huhn morgens auf dem Markt gekauft und mit Haut und Füßen im Topf zubereitet, die Suppe ist milchig und vom Huhn wird alles gegessen. Wir mochten die Suppe nicht essen, uns wurde übel. Wir konnten an diesem Abend nichts zu uns nehmen außer harten Nüssen, die auf dem Tisch standen, trotzdem lachten wir viel zusammen.

Robert brachte uns in ein wunderschönes Appartement, eine Bekannte hatte es uns zur Verfügung gestellt, und als wir dort ankamen, fielen wir nur noch ins Bett nach diesem anstrengenden Tag.

Am nächsten Tag beschäftigten wir uns vormittags allein und nachmittags trafen wir uns mit Robert. Wir stöberten in den Lebensmittelgeschäften, und was ich dort alles zu sehen bekam, war unvorstellbar, ganze Krokodile lagen in der Kühltheke. Tiere, die ich noch nie gesehen hatte. Die Asiaten ließen sich vom Krokodil Scheiben abschneiden und verwendeten sie zum Kochen, Braten oder Grillen. An jeder Straßenecke wurde gegrillt, Tiere, von denen wir uns nicht vorstellen können, sie zu essen. Ich kaufte lieber Muscheln, die wir bei Robert zubereiten wollten.

Robert hatte einen Geschäftstermin, wir trafen uns abends an der Grenze zwischen Hongkong und China. Dummerweise gab es ein Problem: Wir konnten nicht mehr nach China einreisen, da wir kein multiples, sondern ein One-way-Visum hatten. Wir mussten uns ein neues Visum für 150 HK-Dollar – 15 Euro pro Person – kaufen. Robert war einfach nur genervt und konnte nicht glauben, dass wir ein falsches Visum hatten.

Wir mussten uns schnell ein multiples Visum besorgen, denn am nächsten Tag lief unser Visum ab. Am kommenden Tag reisten wir nach Hongkong, um das Visum zu beantragen. Abends machten wir es uns mit Robert gemütlich, ich kochte in seiner Wohnung die frischen Muscheln, servierte sie mit Brot, und Robert hatte Fleisch besorgt zum Grillen. Ein schöner Abend! Wir fuhren anschließend mit dem Taxi in unser Appartement. Plötzlich wurde mir übel, mir ging es schlecht, ich konnte nicht schlafen, musste mich übergeben und dabei musste ich doch fit für den nächsten Tag sein. Wir mussten unbedingt nach Hongkong reisen, um das multiple Visum zu beantragen – ein Visum, mit dem man, so oft man möchte, nach Hongkong und China fahren kann. Der Morgen brach an, Melina und Maximilian waren fertig angezogen, bei mir ging absolut nichts. Es war schrecklich! Wir nahmen den Zug von Shenzhen nach Hongkong, ungefähr zwei Stunden waren wir unterwegs und ich würgte ständig. In Hongkong angekommen mussten wir die Visumstelle erst einmal finden, wir fragten uns durch und bekamen auch die Wegbeschreibung sowie die Auskunft, diese sei nur bis mittags geöffnet. Wir brauchten noch Passbilder, es war bereits elf Uhr – noch heute sehe ich uns laufen. Im Gebäude angekommen mussten wir in das 38. Stockwerk fahren. Die Sekretärin war sehr nett und öffnete uns die Tür, obwohl es schon nach zwölf Uhr war. Sie hatte mir angesehen, dass es mir total schlecht ging.

Dann die Überraschung: »Wir können Ihnen das Visum heute nicht mehr anfertigen. Aber innerhalb von vierundzwanzig Stunden ist es abholbereit .«

Was nun? Ich wollte nur noch liegen! Wir besorgten uns also ein Hotel, mir war ganz egal, wie viel die Übernachtung kostete, Hauptsache ins Bett. Ein Hotel gleich um die Ecke sah recht teuer aus, aber was war schon günstig hier? Wir bekamen ein Zimmer für uns drei. Ich suchte die Toilette auf, legte mich ins Bett, wollte mich nicht mehr bewegen. Die Kinder schickte ich in die Apotheke, um mir Medikamente zu besorgen. Ich wollte einfach nur noch schlafen. Die Kinder schauten sich Hongkongs Umgebung an. Sie blieben nicht lange weg, weil sie sich doch Sorgen um mich machten.

Die Nacht verlief ruhig, meine Übelkeit verschwand langsam. Am nächsten Morgen frühstückten wir gemütlich im Hotel, holten danach unser Visum ab und fuhren wieder nach Shenzhen zurück. Hinter uns lag eine aufregende Zeit. Die nächste Überraschung hielt die Besitzerin des

Appartements bereit. Sie hatte es Robert nur für fünf Tage zugesagt und die waren jetzt vorbei. Robert besorgte uns in der Nähe seiner Arbeit und Wohnung eine elegante Suite im Hotel. Die Suite verfügte nur über ein Doppelbett, es wurde noch ein Zustellbett gebracht, aber das Bett war so klein und klapprig, es fiel bei jeder Drehung zusammen, sodass wir zu dritt im Doppelbett schliefen. Wir hatten viel Spaß und konnten vor Aufregung nicht einschlafen, denn in Shenzhen gibt es keine Nachtruhe, es ist eine Millionenstadt, zwölf Millionen Menschen leben in der Stadt – rund um die Uhr Leben.

Melina war sehr genervt, sie hatte wenig geschlafen, und wir mussten wieder früh aufstehen, weil wir einen Termin beim Schneider hatten. Wir ließen uns Kleidung anfertigen, für Maximilian einen Mantel und für mich einen tollen Hosenanzug, nach drei Tagen konnten wir unsere Sachen abholen, die allesamt klasse aussahen! Danach fuhren wir in Roberts Büro, sechs Mitarbeiter waren dort beschäftigt auf engstem Raum. Ich könnte so nicht wirken, aber das sei normal, sagte Robert!

»Sie sind froh, hier zu arbeiten, sie verdienen zwischen 200 und 400 Euro, das ist ein durchschnittlicher Monatsverdienst.«

Endlich war es so weit, mein 50. Geburtstag stand an.

»Wir machen einen Überraschungsausflug, ich hole euch um fünfzehn Uhr ab«, sagte Robert zu mir, als er mich in der Früh weckte.

Melina und Maximilian kümmerten sich liebevoll um mich, wir frühstückten und gingen danach auf Shoppingtour, ich durfte mir ein Geschenk aussuchen! Erst wusste ich nicht, was, aber als wir bei 'Gucci' waren, entdeckte ich eine Sonnenbrille. Noch nie in meinem Leben bin ich mit solchen Preisen konfrontiert worden! Warum nicht, dachte ich mir, ein Gemeinschaftsgeschenk von meinen Kindern sollte es sein, also bekam ich die Sonnenbrille! Ich setzte sie auf, trug die passende Kleidung und sah für mittlerweile fünfzig Jahre äußerst attraktiv aus!

Mittags holten uns Robert und seine Freundin Angelina ab und wir fuhren mit weiteren Bekannten in eine andere Stadt. Nach einer Stunde Autofahrt hielten wir vor einem Traumschiff wie im Märchen, sehr beeindruckend! Sofort rief ich meine Freundin, Hans-Georg und meine Eltern an! Mein Geburtstag auf einem Traumschiff!

Insgesamt saßen wir mit zwölf Personen im Restaurant an einem liebevoll gedeckten Geburtstagstisch mit wunderschönen asiatischen Blumengestecken, vor uns ein traumhaftes Büffet.

Eine Band spielte asiatische und sogar deutsche Musik! Wir aßen die leckeren Speisen, unterhielten uns, lachten viel, als ich plötzlich im Hintergrund das Wort ‚Elfi' hörte. Ich wurde hellhörig und schaute zur Bühne. ‚Happy Birthday, Elfi', ein Ständchen zu meinen Ehren, von Robert und seinen Freunden arrangiert! Ich bekam Meterware reine Seide geschenkt, die von einem Bekannten extra mit dem Flugzeug aus Schanghai abgeholt worden war. Ich kam mir vor wie in einem Film! Ich stamme aus bescheidenen Verhältnissen und durfte so eine Erfahrung machen! Ich kann nicht genug 'Danke' sagen!

Am nächsten Tag flogen wir zurück, der Abschied fiel mir schwer, weil ich nicht wusste, wann ich Robert wiedersehen würde! Im Flugzeug schliefen wir, die dreizehn Stunden Flugzeit vergingen rasch, und wir waren auch froh, wieder in unserer Umgebung zu sein. Bekannte, Freunde und Familie erwarteten natürlich gespannt, was wir zu erzählen hatten, also gab ich einen kleinen Empfang, um alles zu berichten!

Der Alltag schlich sich wieder ein, ich bereitete eine Familienfreizeit auf Wangerooge vor, wo ich im Sommer von der Diakonie aus kochen sollte. Gesundheitlich fühlte ich mich nicht mehr so fit, bekam extremeKnieprobleme, konnte kaum noch ohne Schmerzen laufen. Nach zwei Wochen Familienfreizeit kümmerte ich mich zu Hause um einen Orthopäden. Mein Arzt war der Ansicht, ich müsste mich operieren lassen, aber darauf ging ich nicht ein, ich machte weitere Ärzte ausfindig, um deren Meinung einzuholen. Die meisten Fachmediziner meinten, es sei keine Operation notwendig, man könne nichts Gravierendes entdecken. Ich ließ mir einen Termin in der Charité in Berlin geben. Eine Operation sei noch nicht notwendig, aber ich müsse physiotherapeutische Behandlungen wahrnehmen und der Muskulaturaufbau sei sehr wichtig, sagte man mir dort. Die Diagnose stellte mich zufrieden. Ich unternahm eine Stadtrundfahrt durch Berlin und fuhr danach mit dem Zug zurück. Ich besorgte mir am nächsten Tag die Termine bei einem Physiotherapeuten und begann mit der Behandlung. Insgesamt war ich fast neun Monate in Therapie, es half nicht, die Schmerzen blieben, ich konnte kaum die Treppen hinuntergehen, aber ich musste da durch, weil ein weiterer Einsatz auf Wangerooge bevorstand.

Zwei Wochen, bevor ich abfuhr, nahm unsere Tochter mich beiseite.

»Wir möchten nächstes Jahr auf Wangerooge heiraten. Wir würden uns freuen, wenn du alles arrangieren könntest.«

Ich hatte in den Jahren viele Kontakte knüpfen können – fuhren wir doch bereits seit zwanzig Jahren nach Wangerooge –, da wusste ich selbstverständlich, wo was zu organisieren ist! Und ich freute mich ungemein! So hatte ich eine Doppelbelastung, einmal kochen für die Gruppe, was ich mit Leidenschaft tat, und dann, in meiner wenigen Freizeit, die ich hatte, die Hochzeit organisieren, wenigstens den groben Ablauf!

Siebzig Gäste sollten für drei Nächte in einem Hotel untergebracht werden, was ich in einem Hotel ermöglichte. Robert sollte aus China anreisen und Trauzeuge sein neben dem Bruder des Bräutigams. Ich besprach die Menüfolge mit dem Koch, die Getränke, den Sitzplan. Den Blumenschmuck gaben wir bei einem Blumenladen auf der Insel in Auftrag. Nur, wie die einzelnen Sträuße auszusehen hatten, gab ich vor. Es sollte eine Traumhochzeit werden!

Meine Planung stand, die Freizeit war vorbei, wir fuhren nach Hause. Kleinigkeiten, aber auch große Dinge waren zu erledigen, wie der Kauf des Brautkleides. Den Spätsommer über hatten wir Zeit. Kaum bemerkt wegen der immensen Vorbereitungen und was man sonst noch zu tun hatte, war auf einmal der Frühling gekommen.

Mein Einsatz auf Wangerooge, wo ich mich um das Essen für die Familienfreizeit kümmerte, wartete auf mich. Die Wochen vergingen dieses Mal langsam. Die Teilnehmer nahmen schließlich Abschied von der Insel und freuten sich natürlich für mich, weil sie wussten, welch ein Fest ich im Anschluss feiern würde.

Die Zeit rückte immer näher, ich war bereits vor Ort, bevor die Gäste anreisten. Eine Woche noch bis zur Hochzeit, ich war zufrieden, ich hatte alles perfekt geplant.

Ein schrecklicher Tag!

Ich ging am Wasser entlang, als ich einen Anruf von meinem jüngsten Sohn erhielt.

»Mama, das Auswärtige Amt in Shenzhen in China hat angerufen. Robert ist festgenommen worden!«

Ich konnte das nicht glauben, ein Missverständnis, aber nein, es war kein Missverständnis. Mir ging es sehr schlecht, ich baute ab, bekam Atemnot, musste einen Arzt aufsuchen. Der verschrieb mir Beruhigungstabletten. Ich rief Hans-Georg an und bat ihn, schnell zu mir zu kommen, aber es klappte nicht sofort. Er wollte zwei Tage später anreisen. Ich war mutterseelenallein, ich hätte ihn so gebraucht! Ich führte Gespräche mit unserem Inselpastor, die Wirkung hielt nur kurz und mir ging es wieder schlecht. Ich suchte die Inselpsychologin auf, sie fand auch Zeit für mich, aber ich war allein, es drehte sich nur bei mir im Kopf. Die Gedanken schossen wie Blitze hindurch, unerträglich!

Ich musste noch den Blumenschmuck klären, es wurde höchste Zeit. Die Trauung auf dem Standesamt stand an. Melina trug ein weißes, eng anliegendes Kleid mit schwarzen Streifen in der Taille, die wie Wellen aussahen, darüber ein kurzes Jäckchen, im Haar ein wunderschönes Netz. Der Brautstrauß war mit Lilien, weißen Perlen und schwarzen Federn im Kreis gebunden, alles wiederholte sich in diesem Biedermeierstrauß, der von oben anmutete wie eine schwarz-weiße Welle – traumhaft! Der Hochzeitsstrauß war eine Herztasche aus Lorbeerblättern, aus einer Öffnung guckten drei rote, dicke Rosen heraus. Ein langes Rankengeflecht aus dem sechzig Jahre alten Schleier von Melinas

Großmutter, in kleine Kügelchen gelegt sowie von meinem Schleier ein paar kleine, weiße Stoffblüten entlang der Ranke, fiel bis zum Boden herunter. Wie eine Tasche mit einer weinroten Kordel hielt Melina den Strauß in ihrem zarten Handgelenk. Ihr Mann bekam den passenden Blumenschmuck zu seinem Hochzeitsanzug.

Es war alles zauberhaft. Ich versuchte, die Fassung zu bewahren, denn es sollte der schönste Tag im Leben unseres Mädchens und unseres Schwiegersohns werden. Die Gäste reisten mit bester Laune an, das Wetter war sonnig und einige machten eine Urlaubswoche daraus. Mehr und mehr trudelten am Bahnhof ein, wo wir alle in Empfang nahmen! Ich riss mich zusammen, ich weiß nicht, wie ich das geschafft habe, aber es ging, ich war ausgelaugt, leer im Kopf, und trotzdem wollte ich nur für meine geliebte Tochter da sein. Ihr jüngster Bruder übernahm Roberts Rolle als Trauzeuge. Alles in allem eine wahre Traumhochzeit!

Als wir die Insel sieben Tage später verließen, rief ich das Auswärtige Amt an, aber sie konnten mir wenig Auskunft geben, es vergingen Tage, Wochen und Monate, mir ging es psychisch immer schlechter, meine Knie schmerzten Tag und Nacht. Ich ließ mich von meinem Orthopäden operieren. Ich suchte mir den 12. September aus, den Geburtstag meines Sohnes, der im Gefängnis war. Die Operation verlief reibungslos, danach musste ich dreimal in der Woche zur Reha, ich weiß nicht, wie ich das geschafft habe, es ging auch nichts anderes mehr, so ausgelaugt und kraftlos fühlte ich mich. Von Robert hatte man nichts gehört, die Polizei hatte unserem chinesischen Anwalt noch keine Akteneinsicht gegeben.

»Er ist in Untersuchungshaft und die Polizei hat die Macht, zu bestimmen, wie lange er in der Untersuchungshaft bleibt!«

Wir besaßen keine Macht, auch das Auswärtige Amt nicht, man musste ruhig bleiben und sich fügen, aber meine Kräfte gingen zu Ende. Ich konnte nicht mehr allein einkaufen, nicht mehr kochen, ich war nur noch müde. Dann bat Robert vor Weihnachten um einen Besuch von seiner Familie!

Das Auswärtige Amt riet uns von der Reise ab, sie hatten Bedenken, die Polizei könne uns ebenfalls verhaften. Aber mein Mutterherz sagte, ich muss! Robert rief und ich musste kommen! Innerhalb einer Woche erhielten Maximilian und ich ein Visum. Fünf Tage vor Heiligabend konnten wir fliegen!

Wir flogen von Düsseldorf nach Dubai, hatten ein paar Stunden Aufenthalt und dann ging es weiter nach Hongkong. Dort empfing uns Roberts Freund Kuno, der bei der Verhaftung dabei gewesen war. So einen Freund kann man sich nur wünschen, wir besaßen auch gar nicht das Geld für die Flugtickets, denn die Kosten für den Anwalt, der alle zwei Monate von uns fünftausend Euro erhielt, hatten uns schon in die Enge getrieben. Dieser Freund hatte uns die Tickets und das Hotel besorgt und alles bezahlt – solche Menschen gibt es noch!

Am nächsten Tag bekamen wir einen Termin mit dem Konsul in Guangzhou. Im 32. Stockwerk war das Auswärtige Amt untergebracht. Der Konsul empfing uns, Informationen wurden ausgetauscht und er versicherte uns, es werde ein großes Auge auf Roberts Inhaftierung gelegt. Die Polizei wusste das auch, da der Konsul Robert des Öfteren besucht hatte. Robert ginge es den Umständen nach gut, betonte er immer wieder. Wir sollten keine Presse benachrichtigen oder Druck ausüben, um so schlimmer würde die Polizei reagieren. Wie Roberts Fall bearbeitet würde, sei es in Ordnung, alles liefe nach Plan! Der Rechtsanwalt war beim Auswärtigen Amt bekannt und angesehen. Bei der

Verabschiedung bekamen wir eine Notrufnummer vom Auswärtigen Amt mit. Sollte uns etwas zustoßen, könnten wir uns sofort melden.

Wir fuhren am Nachmittag in Kunos Büro, er zeigte mir die verbliebenen Sachen von Robert, insgesamt nicht einmal zwei Tüten voll. Kuno hatte nach der Verhaftung alles, was sich in Roberts Wohnung befand, zusammengepackt. Viele Leute hatten sich an seinen wertvollen Gegenständen bedient, wie die Aasgeier mussten sie darüber hergefallen sein. Egal, einige Teile hatten wir, seinen Ferrari-Anzug mit Schuhen, Handschuhen und Helm. Er hatte viele Ferrari-Rennen bestritten. Wenn er entlassen ist, kann er von seiner Vergangenheit träumen ...

Kuno wollte uns noch das Gefängnis zeigen, in dem Robert inhaftiert ist. Das Gespräch mit dem Konsul hatte ich ohne Aufregung überstanden und jetzt wollte ich unbedingt in das Gefängnis. Ich würde mir sonst Vorwürfe machen, wenn ich es mir nicht angesehen hätte. So fuhren wir mit dem Taxi los.

Wir kamen an ein großes Tor, ähnlich wie der Triumphbogen in Paris, daneben eine Pforte. Wir zeigten unseren Ausweis und meinten, wir wollten jemanden besuchen. Kein Problem, wir bekamen die Ausweise zurück und konnten die Anlage betreten. Die Polizei wusste, wer wir waren, Kameras beobachteten uns, aber mir war das egal, ich spürte Roberts Nähe, er war mir so nah wie schon lange nicht mehr! Kaum zu glauben, es sah aus wie in einem Sanatorium, alles sauber, Vogelgezwitscher von außergewöhnlichen Vögeln, die wir in Europa nicht kennen.

Das Gefängnis war vor einem Gebirge erbaut worden. Ich konnte von einem Hügel direkt in die kleinen Häuser in der Mitte des Gefängnisses sehen. Mich überkam es, mit lauter Stimme schrie ich, so laut ich konnte, Roberts Namen.

»Robert! Mama und Maximilian sind hier!«, wiederholte ich ein paar Mal, bis Kuno meinte, wir sollten jetzt ruhig sein. Ich wusste auch nicht, was mit mir los war, aber ich fühlte mich befreit.

Von außen bot die Anlage einen netten Anblick, das Innere dagegen einen erschreckenden. Kleine Häuser, sechs mal acht Meter, die sich zehn Insassen teilten. Die Hälfte der Räume war überdacht, die andere Hälfte mit Gitterstäben versehen ohne Dach, aber natürlich auch vergittert. Dieses Innenleben konnten wir nicht sehen, alles war abgeschirmt. Wir liefen einmal um die komplette Gefängnisanlage herum.

Am folgenden Tag trafen wir uns mit unserem Anwalt, wir redeten fast sechs Stunden über den Fall. Er bereitete uns auf den Besuch vor, der einen Tag später im Gefängnis anstand. Der nächste Tag brach an, wir konnten in der Nacht kaum schlafen, waren froh, aufstehen zu dürfen. Wir bekamen die Nachricht, das Treffen finde nicht im Gefängnis statt, sondern auf der Polizeiwache. Unser chinesischer Anwalt holte uns ab, wir fuhren zur Wache. Ich dachte, mein Herz zerspringt gleich, da fielen mir die Tabletten ein, die ich von dem Wangerooger Arzt bekommen hatte. Dort hatte ich es geschafft, keine davon zu nehmen, aber jetzt im Auto griff ich zur Schachtel und nahm gleich fünf Tabletten hintereinander, ohne mir Gedanken zu machen. Das Herzrasen wurde weniger.

Auf der Wache führte uns die Polizei in einen großen Raum mit Tischen und Stühlen. Dolmetscher, mehrere Polizisten, unser Anwalt, Maximilian und ich waren anwesend. Fast drei Stunden vernahm man uns, wir mussten alles aufschreiben, bis mir der Faden riss und ich zu verstehen gab, dass ich endlich meinen Sohn sehen will. Ich sollte nun unter das Geschriebene einen Daumenabdruck setzen, ich wehrte mich, das wollte ich nicht, ich bekam einen Schweißausbruch. Die Polizei meinte, wenn wir nicht alles sagten, bekäme mein Sohn die Todesstrafe oder Lebenslänglich. Der Anwalt schaltete sich nun auch energisch ein und bestand darauf, keinen Fingerabdruck zu tätigen. Ich durfte schließlich unterschreiben.

Es ging zwei Zimmer weiter.

»Hi, Mum«, hörte ich eine Stimme. Ich drehte meinen Kopf nach rechts, sah Robert in einem Zimmer sitzen, einen Meter hinter den Gitterstäben mit zehn Zentimetern Abstand, berühren konnten wir uns nicht. Er saß in einem Hochstuhl mit einer schweren Metallplatte an seinem Bauch, dort konnte er die Hände ablegen, die mit Handschellen gefesselt waren. Er trug einen roten Jogginganzug, Badelatschen an seinen gefesselten Füßen, und hatte ein wunderschönes Gesicht, ich blickte nur in sein Gesicht. Dass er keine Haare auf dem Kopf hatte, fiel mir nicht auf.

»Hey Mum, meine Exfreundin hat es geschafft, mich ins Gefängnis zu bringen, ich weiß auch nicht, warum.«

Wir sprachen eine knappe Stunde, immer wieder sagte er, seine Exfreundin habe ihn benutzt, sie habe Unterschriften gefälscht, wovon er nichts wusste, große Partys gegeben und in seinem Namen versucht, dicke Geschäfte zu machen.

»Sie hat mich als reichen Europäer dargestellt, um Investoren anzulocken. Sie hat es geschafft, Geld zu bekommen und für andere Dinge ausgegeben. Als einer der Investoren sein Geld zurückverlangte, war nichts da«, erzählte er mit erstickter Stimme.

Dieser Investor hatte meinen Sohn angezeigt. Roberts Exfreundin hatte Roberts Unterschrift auf Schecks gefälscht, diese den Investoren überreicht und beteuert: »Wenn ihr euer Geld zurückhaben wollt, könnt ihr den Scheck einlösen, dann bekommt ihr es wieder.«

Einer der Investoren hatte das versucht, aber die Bank hatte sich geweigert. »Wir können Ihnen das Geld nicht auszahlen, die Unterschrift ist gefälscht.« So kam es zur Verhaftung.

An dem Wochenende vor der Verhaftung weilte Robert sogar noch in Deutschland, wir hatten zusammen die Meisterschaft von Borussia Dortmund gefeiert, und er hatte gemeint, wir würden uns in Wangerooge treffen, er käme zur Hochzeit ...

Als Maximilian und ich zurückflogen, wollten wir noch einen Abstecher nach Hongkong machen, aber die Botschaft ließ dies nicht zu, wir sollten sofort in den Flieger nach Düsseldorf steigen. Alles war sehr anonym, Maximilian und ich sprachen nicht viel, es wurde uns langsam klar, in welcher Gefahr wir uns befanden! Und unsere Familie und Freunde wussten nicht, ob wir zurückkommen würden! Das Flugzeug war fast leer, wir benutzten die Sitzplätze als Liegefläche und landeten am 24.12.2011 um fünfzehn Uhr in Düsseldorf.

Am Flughafen erwartete uns meine weinende Tochter, wir waren froh, sie zu sehen, lagen uns lange in den Armen! Wir fuhren von Düsseldorf nach Asseln, wo meine Mutter ein besinnliches Weihnachtsfest vorbereitet hatte. Es war ein anderes Weihnachten, wir weinten, waren still und verzweifelt angesichts dessen, was wir erlebt hatten. Am schlimmsten war für Maximilian, wie er seinen Bruder hatte sehen müssen.

Hans-Georg und ich suchten spät am Abend die Kirche auf. Maximilian ging mit seiner Schwester in eine Kneipe, wo sie für sich allein reden konnten. Für mich war die Kirche unerträglich, ich bekam Schweißausbrüche, eine schreckliche Unruhe erfasste mich, ich musste raus! Ich wünschte mir nur, die Weihnachtstage seien bald vorbei,

Silvester wollte ich auch nichts hören, wir blieben zu Hause, ließen den Fernseher laufen, gingen früh zu Bett!

‚Endlich 2012!', dachte ich, jetzt musste die Polizei doch dem Anwalt endlich Akteneinsicht geben, denn nach unserem Besuch in China wurde uns versichert, dass die Polizei im Januar 2012 den Fall der Staatsanwaltschaft übergeben würde.

Nun wurde ich auch noch an meinem zweiten Knie operiert! Wieder wochenlang Schmerzen, Reha und die Belastungen wegen meines Sohnes. Das Ausgeliefertsein war für mich das Schlimmste, ich konnte nichts tun, obwohl mein Herz sagte, der Junge ist unschuldig – aber wie bekomme ich ihn aus dem Gefängnis?

Maximilian baute körperlich und psychisch immer mehr ab, er schrie nachts, hatte Angstträume und auf sein Studium konnte er sich nicht konzentrieren. Es dauerte sehr lange, bis ihm klar wurde, dass er Robert nur dann helfen konnte, wenn er fit war. Denn er war derjenige, der die Korrespondenz mit dem chinesischen Anwalt führte. Mein Englisch war nicht schlecht, meine Fragen, die ich dem Anwalt stellen wollte, bekam ich schon hin, aber sehr zeitaufwendig.

Der Januar neigte sich dem Ende zu, ich bekam vom Anwalt die Nachricht, die Polizei habe wieder um zwei Monate verlängert, die Untersuchungen seien noch nicht abgeschlossen! Mittlerweile setzte sich auch das Auswärtige Amt immer mehr ein. Durch den Anwalt erfuhren wir, dass Robert misshandelt wurde, er hatte bei seinen Vernehmungen oft Todesängste ausgestanden, einen starken Glauben entwickelt und wollte von uns viele Bücher von Swedenborg haben, einem Theologen und Hellseher aus dem 17. Jahrhundert. Swedenborg beschreibt in seinen Schriften Praktiken und Theorien. Robert bat um diese Bücher, die er auf Englisch lesen durfte. Er las die Werke und stellte fest, dass er ähnliche Erfahrungen in seinem Leben gemacht hatte, er fand sich in Swedenborg wieder. Ich tat einen Swedenborgverlag in Berlin und einen in Zürich auf. Ich kontaktierte die Verlagsleiter und sie besorgten mir englische Literatur über Swedenborgs Werk. Ich erzählte ihnen, in welcher Situation sich mein Sohn befand. Sie halfen mir viel, ich habe jetzt noch Kontakt. Robert kann die Situation, in der er sich befindet, nur durch seinen starken Glauben an Gott – Gott ist sein Vater – überstehen. Er schreibt Gedichte über seine Gefühle zu Gott, der ihm die Kraft gibt! Wir sind glücklich, dass er jemanden hat, der ihm in dieser schweren Zeit Kraft gibt und ihn führt. Ohne diese Kraft kann man die Untersuchungshaft in China nicht lange überleben.

Nach Hause zurück

Von Robert

Entzweit wurde ich geboren
Was zusammengehörte
Geteilt

Nicht sichtbar
Nicht erklärbar
Was Eins war
Soll wieder Eins werden

Vollkommenheit, Ruhe und Friede
Zu Anfang erhalten
Für immer verraten

Suchend seit Geburt
Sehnsucht nach Zufriedenheit
Zu lernen ist mein Weg

Erfahrungen kann ich nicht vermeiden
Gut oder böse
Muss ich entscheiden

Von Blindheit umgeben
Durch Liebe beschützt
Sein Ruf zeigt mir den Weg

Vollkommenheit, Ruhe und Friede
Meine Sehnsucht
Ist nicht mehr

Die Polizei verlängerte die Untersuchungshaft um zwei Monate. Ich funktionierte nur noch, besaß keine Gefühle mehr, ich war leer! Robert wurden Zudecke und Kopfkissen genommen, er musste auf den harten Holzlatten schlafen, er hatte Schmerzen und fand keinen Schlaf. Ich wandte mich schriftlich an den Bundespräsidenten, nach vierzehn Tagen die Antwort, das Auswärtige Amt in Guangzhou wird sich kümmern. Vier Wochen später erfuhr ich, dass Robert Bettwäsche bekommen hatte, wie es sich für europäischen Standard gehört! Dann bekam Robert Flecken an seinem Körper, und nach langen Untersuchungen, wegen derer sich das Auswärtige Amt wieder einschalten musste, stellte sich heraus, dass er eine Allergie hat.

Mitten in dieser schweren Zeit erfuhr ich von meiner Tochter und meinem Schwiegersohn, dass sie ein Baby erwarten. Ein Baby, dachte ich, in dieser schwierigen Situation, in der wir uns befanden! Ich konnte mich nicht freuen – was war Freude?

Alles war in Ordnung bis zur 28. Schwangerschaftswoche. Melina spürte kaum Bewegungen des Babys, die Frauenärztin schrieb sie sofort krank. Meine Tochter sollte in einer Spezialklinik untersucht werden.

»Mama, das ist der traurigste Tag in meinem Leben! Es kann sein, dass der Kleine seine Beinchen nicht bewegen kann«, berichtete sie mir unter Tränen.

Keiner wollte es wahrhaben, die Vermutung stand aber im Raum. Ich begleitete meine Tochter zu einer Untersuchung.

»Das Baby gibt uns ein Rätsel auf!«, verkündete die Gynäkologin.

Ich sagte zu ihr, am liebsten spräche ich mit einem alten Professor, der mir sagen würde, das Kind liege zwar ungünstig in der Gebärmutter, aber es sei alles in Ordnung.

»Ich kann Ihnen einen alten Professor empfehlen, Sie könnten auch gleich zu ihm fahren«, erwiderte die Ärztin.

»Warum wollt ihr das alles wissen, wir können es nicht ändern, wenn unser Baby krank ist. Ihr wollt nur euer Gewissen beruhigen, aber da mache ich nicht mit!«, meldete sich meine Tochter und streichelte dabei ihren Bauch.

Plötzlich herrschte Stille im Raum, ich bekam eine Gänsehaut, keiner sprach, wir verabschiedeten uns und fuhren nach Hause.

Bei der nächsten Untersuchung wurde der Termin für den Kaiserschnitt festgelegt. Auf dem Heimweg suchte ich noch die Reha auf, um meine vorletzte Übung zu machen. Im Anschluss an die Maßnahme durfte ich mir einen Walkingkurs aussuchen. Ich fand in Unna einen Verein, der dienstags und donnerstags Walken anbot.

»Hallo!«, stellte ich mich vor, »ich heiße Elfi und möchte gerne am Walken teilnehmen.«

Ich wurde herzlich empfangen und walkte auch gleich mit. Mittlerweile treibe ich regelmäßig Sport, ich kann darauf nicht mehr verzichten, Sport macht meinen Kopf frei, es ist wie eine Sucht. Ich lernte dadurch neue Menschen mit viel Lebenserfahrung kennen, die mir sehr halfen. Ich konnte mich so geben, wie ich war, ich wurde akzeptiert. Wenn ich von meiner Lebensgeschichte erzählte, war meine Situation für alle unfassbar, nicht zu glauben. So bin ich auf die Idee gekommen, alles niederzuschreiben. Ich kämpfe und hoffe Tag für Tag …

Ende August 2012 bekam ich vom Anwalt die Bestätigung, dass er Akteneinsicht hat, und der Fall der Staatsanwaltschaft vorgelegt wird. Die Staatsanwaltschaft hatte jetzt vier Wochen Zeit, um die Anklage der Polizei zu prüfen. Nach vier Wochen hatte die Staatsanwaltschaft den Fall der Polizei zurückgegeben, weil das Vergehen, das sie ihm vorwarfen, kein Grund sei, ihn so lange in Untersuchungshaft zu behalten; die Polizei solle neue Beweise vorlegen. Wieder hatte die Polizei vier Wochen Zeit für neue Beweise. Dieses Mal hatte die Staatsanwaltschaft gesagt, es kämen keine neuen Beweise hinzu.

Die Polizei machte sich unglaubwürdig, ein Staatsanwalt wollte sich selbst ein Bild von Robert machen. Unser Anwalt bereitete die Verteidigung vor. Wir bekamen Nachricht, dass der erste Prozesstag am 24. Dezember sein soll. Ausgerechnet der 24. Dezember 2012, wieder Weihnachten!

Der Kaiserschnitt wurde für den 19. Dezember 2012 um neun Uhr morgens angesetzt. Die Wochen der Schwangerschaft bedeuteten für meine Tochter und meinen Schwiegersohn eine Zeit, die man nicht in Worte fassen kann! Ich wollte einfach bei ihnen sein und fuhr rechtzeitig in die Klinik. Als ich eintraf, erwähnten die Professoren, es würde etwas länger bei meiner Tochter dauern, sie müssten vorher zwei Not-Kaiserschnitte durchführen. Von den Schwiegereltern bekam ich Anrufe, sie fragten, wie es ausgegangen sei, ich antwortete, es sei noch nicht so weit, wir müssten abwarten. Endlich wurde meine Tochter in den Kreißsaal geschoben. Wir hatten für den Tag eine Geburtsanzeige in der Zeitung geschaltet, die wir in ihr Wochenbett legen durften. Plötzlich ging alles sehr schnell, wir hörten das Baby schreien und mein Schwiegersohn hielt den Kleinen in ein Bettlaken gewickelt in seinem Arm, die Hebamme stand neben ihm, alle befanden sich im Zimmer. Meine Tochter wurde noch im Kreißsaal behandelt. Der Kleine war so winzig, die Beine angezogen bis unter die Brust, und mein Schwiegersohn hat ihn nur geküsst, geküsst und geküsst. Ich beobachtete ihn, wie zärtlich er mit seinem Sohn umging. Er fragte mich, ob ich ihn auch einmal auf dem Arm halten möchte. In diesem Moment verschwanden alle meine Sorgen für einen Augenblick!

Wie soll der Kleine heißen, hörte ich eine Stimme von Weitem, ich sah eine Schwester, die ein Armbändchen mit kleinen blauen Buchstaben auffädelte. Ich vernahm einen Namen und dann noch einen zweiten Vornamen und der lautete Reinhard. Reinhard! Ich schaute meinen Schwiegersohn fragend an.

»Ja, wir wollten den Namen von Melinas verstorbenem Vater, also den Namen seines Großvaters.«

Es war für mich zutiefst emotional, Tränen liefen. Ich merkte nicht, dass ich den Kleinen noch auf dem Arm hatte.

Die Tür öffnete sich, meine Tochter wurde ins Zimmer geschoben, sie war sehr geschafft, man sah ihr die Anspannung an. Ich legte ihr den Kleinen in ihren Arm, streichelte ihr übers Haar.

»Schau ihn dir in Ruhe an, es ist dein gesundes, kleines Mäuschen«, sprach ich zu ihr und sie weinte vor Erschöpfung und Freude. Der Professor öffnete leise die Tür und meinte, das Baby sei wohlauf, es werde noch zwei Wochen dauern, bis die Beinchen in der korrekten Position seien.

Hans-Georg und ich verabschiedeten uns, bummelten entspannt auf dem Weihnachtsmarkt, wo wir direkt auf die Stadtkirche zusteuerten und uns dort hineinsetzten. Wir fuhren nach Hause, machten es uns gemütlich, vor Erschöpfung schliefen wir bald ein.

Wie vom Blitz getroffen, erwachte ich, schaltete meinen Laptop ein, um nach Nachrichten aus China zu sehen. Es gab Neuigkeiten: Der erste Prozesstag wurde vom 24.12.2012 auf den 31. Januar 2013 verschoben. Das Auswärtige Amt hätte gerne, dass wir kommen, um meinen Sohn zu unterstützen. Ich brauchte nicht zu überlegen! Maximilian wollte ich nicht mitnehmen, er schrieb an seiner Bachelorarbeit, so fragte ich Hans-Georg. Dieses Mal stimmte er sofort zu, denn allein wollte er mich nicht fliegen lassen. Das Auswärtige Amt regelte zügig die Formalitäten sowohl für die Polizei als auch für die Staatsanwaltschaft. Am 28. Januar 2013 sollten wir nach Shenzhen fliegen.

Ich besuchte meine Tochter, erzählte ihr, dass wir zum ersten Prozesstag nach China reisten. Ihr ging es noch nicht besonders, sie war erschöpft, kraftlos und müde, ich bot ihr einen Oma-Tag an, an dem ich kochen und mich mit dem Kleinen beschäftigen würde. Seitdem ist Mittwoch mein Oma-Tag und ich möchte nicht darauf verzichten, es sei denn, wichtige Termine stehen an, sodass ich nicht abkömmlich bin.

Wir flogen also und Kuno holte uns vom Flughafen in Hongkong ab. Wir begrüßten uns herzlich wie eine Familie. Kuno kümmerte sich um uns, er verteidigte Robert, beteuerte immer wieder, dass er schuldlos einsaß und er für ihn kämpfte. Er sagte jedes Mal, er hätte vorher keinen so guten Freund gefunden wie Robert. Wir brachen mit dem Bus zur Grenze auf, Kuno besorgte uns ein Visum für fünf Tage. Wir fuhren über die Grenze. Menschenmassen, die in ihre Heimat reisten, um das Neujahrsfest mit ihren Familien zu feiern. So viele Menschen, teilweise mit Mundschutz – es war unheimlich!

Kuno brachte uns unter einem anderen Namen in einem Hotel unter, wieder alles anonym. Er ließ uns nicht aus den Augen. Wir verabredeten uns zum Abendessen, bei dem wir einige wichtige Dinge besprechen wollten. Die Anspannung war zum Greifen, was würde uns erwarten?

Wir trafen uns um zehn Uhr vor dem Gericht. Plötzlich sah ich einen großen Polizeiwagen mit Blaulicht, die Fenster mit Gitterstäben versehen, auf den Gerichtshof fahren. Ich rannte um die Ecke, um auf den Hof zu kommen, und tatsächlich, Robert stieg aus.

»Besuchst du mich am Nachmittag?«, rief er mir zu.

»Heute nicht, mein Junge, aber morgen! Wir sehen uns gleich im Gerichtssaal.«

Ich lief zurück zum Anwalt und dem Diplomaten mit seiner Dolmetscherin. Es ging alles so schnell! Taschen, Handys mussten eingeschlossen, Personalausweise vorgelegt werden und dann konnten wir durch die Kontrolle des Gerichtseinganges. Auf dem Weg zum

Gerichtssaal kam uns Robert mit Handschellen entgegen. Er strahlte und freute sich, uns zu sehen.

»Jetzt geht es richtig los«, meinte er zuversichtlich, »endlich wird meine Unschuld bewiesen!«

Wir setzten uns im Gericht in die zweite Reihe, die erste war besetzt mit Polizisten. In der Mitte des Gerichtssaals stand ein Holzgitterkäfig mit einer harten Holzbank, auf die Robert in Handschellen platziert wurde. Der Richter bat die Polizisten, die Handschellen zu entfernen. Rechts neben Robert saß sein Anwalt mit Sekretären. Mindestens fünfzig Zentimeter hoch gestapeltes Papier – Beweisunterlagen für Roberts Unschuld.

Links von Robert saßen der Staatsanwalt und der Dolmetscher. Vorne in der Mitte drei Richter, und der Richter in der Mitte hatte das Wort. Robert einigte sich darauf, den Prozess auf Englisch zu führen, denn unser Anwalt sprach fließend englisch und bekam sofort mit, wenn die chinesischen Fragen nicht einwandfrei übersetzt wurden. So war es auch, der Dolmetscher übersetzte nicht korrekt. Robert wies bei seinen Antworten auf seinen Verteidiger hin, der die Fragen beantwortete. Robert beschwerte sich, weil einige Beweismittel nicht mehr auffindbar waren, zum Beispiel sein Laptop, auf dem viele Beweismaterialien gespeichert waren. Es fehlten seine teuren Uhren und sogar Bargeld aus seinem Safe. Wo waren die Gegenstände? Der Richter befragte den Staatsanwalt ausgiebig, aber dieser schwächelte mit seinen Beweismitteln, die sehr dürftig waren.

Unser Verteidiger brachte zum Ausdruck, bis jetzt hätte nur die Polizei mit dem Fall zu tun gehabt, sonst keiner, wo also befanden sich die Sachen? Der Richter wurde ärgerlich und meinte: »Sie werden doch nicht die Polizei beschuldigen, das ist verboten!«

Der Anwalt formulierte den Vorwurf gegen die Polizei daraufhin etwas sanfter. Es beruhigte sich langsam im Gerichtssaal! Der Richter war genervt und vertagte den Prozess auf den März 2013.

Robert wurde in Handschellen aus dem Saal geführt.

»Wir besuchen dich heute Nachmittag«, rief ich ihm noch zu.

Danach verließen wir den Gerichtssaal und aßen mit unserem Anwalt und dem Diplomaten zu Mittag. Wir hatten uns mehr versprochen, vielleicht sogar einen kleinen Lichtblick, aber nein, alles blieb dunkel. Der Richter war schon entsetzt über die mangelnde Beweislage.

Der Nachmittag rückte näher, wir fuhren zum Gefängnis, ich spürte meine Aufregung, denn ich wollte auch nicht ständig weinen, es war schon schwer genug für uns, ich versuchte, meine Tränen zu unterdrücken. Es ging nicht. Kaum auf dem Gefängnisgelände, heulte ich los, ich konnte nicht mehr, meine Tränen liefen wie ein Wasserfall. Ich merkte, wie eine Wärterin auf mich zukam, mir ein Taschentuch gab, mich in den Arm nahm. Ich als Mutter musste jetzt stark sein! Die Situation im Gefängnis war für uns schon schlimm genug, aber wie schlimm war sie erst für meinen Sohn, der keine Chance hatte, hier herauszukommen! Wie lange konnten wir das noch aushalten?

Langsam kam mein Körper zur Ruhe, ich entspannte mich, versuchte, tief zu atmen. Wir wurden in einen Raum geführt, in dem ein dickes, grünes Ledersofa stand. Wir, also unser Diplomat, Kuno, Hans-Georg und ich, setzten uns. Gegenüber saßen der Gefängniswärter, der für Robert zuständig war, sowie der Staatsanwalt, der nur hier für das Gefängnis arbeitete. Sie unterhielten sich mit uns, sprachen nur positiv über Robert, er sei zufrieden, er füge sich und halte jeden Morgen Lesungen für die Gefangenen. Die Gefangenen mochten seine Stimme und die Botschaft, die er ihnen jeden Morgen vermittelte. Er gestaltete Feste mit den Wärtern an Feiertagen, die auch im Gefängnis begangen wurden. Robert habe sich gut eingelebt, hieß es weiter, wir brauchten uns keine Sorgen zu machen, ihm gehe es gut. Schließlich sei dies ein Vorzeigegefängnis Chinas, damit andere sehen könnten, wie gut es den Gefangenen im chinesischen Gefängnis ergehe. Der Gefängniswärter und der Staatsanwalt verabschiedeten sich von uns und meinten, Robert würde gleich erscheinen.

Wir konnten das alles nicht glauben, was uns soeben erzählt worden war. Im Raum herrschte Stille, nach zehn Minuten wurde Robert zu uns gebracht. Ohne Handschellen, ohne Begleitung eines Wärters, ich begrüßte meinen Jungen, nahm ihn in die Arme und flüsterte ihm wichtige Fragen zu, die er nur mit Ja oder Nein beantworten sollte. Robert begrüßte die anderen und setzte sich uns gegenüber, auf den dicken, grünen Ledersessel. Er war überaus gereizt wegen des Prozesses am Vormittag. Er zeigte mit dem Finger gezielt auf mich.

»Mum, du hast jetzt die Aufgabe, alles in den Medien zu veröffentlichen.«

»Ich schreibe ein Buch aus der Sicht einer Mutter. So, wie ich das erlebe. Das kann ich, dazu stehe ich auch und die Veröffentlichung nimmst du in die Hand, wenn du draußen bist.«

Er kämpfte hier um seine Unschuld, wir wussten, er war unschuldig, aber wir konnten nichts machen, mit dieser Ohnmacht mussten wir leben! Für mich gab es schon lange kein befreites Leben mehr, ich spielte den anderen nur etwas vor.

Wir unterhielten uns noch fünfzig Minuten. Wir verabschiedeten uns und er sagte: »Bis nächstes Jahr.«

Die dicken Türen wurden geschlossen und das Gefühl, ihn nicht wiederzusehen, kam in mir auf. Ich stand da, wollte das Gefängnis nicht verlassen, weil ich ihm so nah war, ich musste aber gehen. Wann würde ich ihn das nächste Mal sehen, überstand er das, hielt er durch? Schreckliche, zermarternde Fragen, die nicht aufhörten!

Wir verabschiedeten uns vom Dolmetscher und von unserem Anwalt, fuhren mit Kuno in sein Büro und aßen etwas. Während des Essens bekam ich einen Anruf vom Anwalt, die Gefängnisleitung hätte gerne von mir eine schriftliche Bestätigung, dass ich froh sei, meinen Sohn Robert in einem guten Gefängnis untergebracht zu wissen. Ich dachte, ich höre nicht richtig, ich rief meinen Anwalt an, erzählte ihm davon und er meinte, das sei üblich.

»Das mache ich auf keinen Fall!«, beschloss ich.

Dies teilte er der Gefängnisleitung mit. Was daraus geworden ist, weiß ich nicht, ich habe jedenfalls nichts geschrieben.

Am gleichen Abend ging unser Flieger zurück nach Deutschland.

Der Rückflug war sehr still.

Für zwei Nächte hatten wir einen Zwischenstopp in Dubai. Wir wurden von Angestellten der arabischen Fluggesellschaft empfangen und sie begleiteten uns zum Zoll, danach fuhren wir mit Begleitung in das gebuchte Hotel – zehn Minuten vom Flughafen entfernt, mitten in Dubai. Wie im Märchen: Chrom, Glas, Gold, edelste Materialien. Unser Zimmer befand sich im 26. Stockwerk in der Mitte des Gebäudes. Als wir die Tür öffneten, war der überdimensionierte Fernseher nicht zu übersehen. An ihm klebte eine Nachricht: »Lieber Herr Scholz und liebe Frau Rother, wir wünschen Ihnen einen angenehmen Aufenthalt.«

Eine nette Aufmerksamkeit, dachte ich.

Wir erkundigten uns beim deutschen Personal, was wir in den zwei Tagen unternehmen könnten. Das Hotel verfügte über einen Shuttleservice, mit dem wir kostenlos in Dubai herumfahren konnten, stündlich fuhren die Shuttlebusse ab. Der erste Ausflug führte uns an den Strand. Blaues, klares Wasser, ein Traum! Auf einer Sonnenliege beobachteten wir die Gegend. Erschöpft fiel ich in einen tiefen Schlaf. Eine Stimme weckte mich, fragte, ob ich etwas trinken wolle. Ich wusste nicht, wo ich war, ich schaute zuerst verwirrt, bestellte mir dann einen Vitamincocktail.

Später spazierten wir am Strand entlang, entdeckten die berühmte Palmeninsel und Burj al Arab. Das Hotel sah aus wie ein Riesensegel im Meer und konnte vom Strand aus nicht erreicht werden, alles von Sicherheitsbeamten abgesperrt. Für einhundert Euro pro Person besichtigten wir das Luxushotel, Sektempfang und ausgefallene Köstlichkeiten inklusive. Wir hatten schon so viel Geld ausgegeben, was machten da noch weitere einhundert Euro, dachte ich mir. Zwei Stunden hielten wir uns dort auf, fuhren die extravagante Rolltreppe hinauf und hinunter, rechts und links befanden sich in die Wände eingemauerte riesengroße Aquarien mit exotischen Fischen. Den Abend verbrachten wir in unserem Hotelzimmer, auch dieses mehr als nur ein Zimmer, es glich einer kleinen Luxuswohnung. Als wir anderntags nach Hause flogen, nahm ich als unvergesslichsten Moment mit, dass ich meinen Sohn hatte in die Arme schließen und fest drücken können.

Erst nach zehn Tagen packte ich meine Kleidung aus dem Koffer. Ich hatte zunächst alles abgestellt und stehen lassen. Ich war immer müde, mir fehlte die Kraft, ich hatte das Gefühl, ich müsste nur schlafen, aber wenn ich mich hinlegte, wurde ich unruhig und stand wieder auf.

Dieses Gefühl kenne ich beinahe zwei Jahre. Wie lange kann ich das alles noch aushalten? Aber ich muss, ich muss stark sein, sonst würde alles den Bach runtergehen. Maximilian und ich kümmern uns um die ganze Korrespondenz und den Kontakt zum Anwalt sowie zum Auswärtigen Amt und weitere wichtige Dinge, die zu regeln sind. Und es sind noch verdammt viele Angelegenheiten, die nebenbei geregelt werden müssen, deswegen brauche ich Kraft und nochmals Kraft.

Ich bin extrem vergesslich geworden, mein Kopf ist so voll, ich weiß an einigen Tagen nicht mehr, was ich am Tag zuvor gegessen oder was ich gemacht habe. Wenn ich mich dann konzentriere, kehren die Erinnerungen langsam zurück. Ich frage mich, wann ich mein glückliches, altes Leben wieder aufnehmen, ich mir schöne Sachen kaufen oder ein paar Tage verreisen kann. Aber ich bin nicht glücklich, nur manchmal für einen kurzen Moment, dann holt mich die Verzweiflung ein. Was wird aus Robert? Tag und Nacht kreisen die Gedanken. Ich hatte mir für eine kurze Zeit eine Haushaltshilfe besorgt, weil ich meinen Haushalt nicht mehr in den Griff bekomme. Unordnung lässt mich unruhig werden. Noch nervöser wurde ich allerdings, wenn die Hilfe kam. An einigen Tagen, an denen sie hier war, konnte ich nichts vorher wegräumen, weil mir die Kraft fehlte. Ich habe mich mit ihr geeinigt, mich selbst um den Haushalt zu kümmern; sollte ich sie benötigen, kann ich sie gerne anrufen.

So halte ich es heute noch. Ich bin gelassener, manchmal ist mir völlig egal, wie es aussieht, bis ich an einem Punkt bin, an dem ich alles rausschmeißen könnte. Und das tu ich von Zeit zu Zeit, verspüre im Anschluss eine innere Reinheit und Zufriedenheit. In unserem Haus steht nicht mehr viel, ich brauche eine klare Linie. Die Farbe weiß dominiert das Interieur. Wände, Bodenfliesen, Schränke, die Küche: überwiegend weiß mit geraden Linien. Mein Garten ist in Grün gehalten mit weißen Blumen. Dort kann ich zur Ruhe kommen. Ich höre auch keine Musik, es ist bei mir tagsüber sehr still. Ich könnte sagen, eine Ruheoase.

Es vergingen keine vier Wochen und weitere Gerichtstermine wurden bekannt gegeben. Ich reiste nun zum ersten Mal ohne Begleitung. Ich fühlte mich stark genug und hatte keine Bedenken. Nachmittags flog ich von Düsseldorf nach Dubai, in Dubai hatte ich drei Stunden Aufenthalt, dann ging es weiter nach Bangkok, hier zwei Stunden Wartezeit und danach nach Hongkong. Als ich in Bangkok umsteigen musste, sah ich von Weitem ein Schild mit dem Namen Mrs. Rother. Mir wurde heiß, ich bekam Schweißausbrüche, steuerte auf das Schild zu und eine nette junge Dame von meiner Fluggesellschaft erklärte mir, es gäbe eine Änderung, für den Weiterflug nach Hongkong müsste ich ein anderes Gate aufsuchen. In Ordnung, dachte ich mir, und meine Anspannung verflog.

Im ersten Flieger mochte ich nichts essen, aber jetzt verspürte ich Hunger, bestellte mir einen Burger mit Pommes und musste fünfzehn Euro bezahlen – selbst schuld, ich hätte mich vorher nach dem Preis erkundigen können.

Ich suchte das Gate zwei auf, wartete auf den Weiterflug. Die Wartezeit nutzte ich, um weiter an diesem Buch zu schreiben.

Der Flug nach Hongkong war sehr turbulent. Ich sah mir einen Film an, versuchte zu schlafen. Nach der Landung wartete ich eine Stunde an der Kofferausgabe, bis das Gepäck kam. Im Koffer befanden sich hauptsächlich Geschenke, die ich dort verteilen wollte. Endlich ging ich durch die Passkontrolle zu Kuno. Er war trotz des Wartens gut gelaunt, denn er hatte es sich denken können. Er benötigte noch ein neues Visum, wir fuhren mit dem Bus in ein Shoppingcenter, in dem Büros lagen, in denen Visa verlängert werden konnten. Ich blieb in der Halle, bis er zurückkam. Kuno musste noch arbeiten, so brachte mich seine Frau Hong in das Hotel, in dem ich eincheckte. Hong begleitete mich in das 28. Stockwerk, wo wir gemeinsam das gebuchte Zimmer betraten. Ein Doppelzimmer, das als Einzelzimmer für mich hergerichtet worden war. Ich packte die Geschenke aus, Osterhasen aus Schokolade, sie freute sich überaus, denn in China kennt man kein Ostern.

Wir suchten eine chinesische Imbissbude auf und unterhielten uns während des Essens. Sie wusste, dass ich Restaurants bevorzuge, in denen auch die Einheimischen essen. Wir verstanden uns ausgezeichnet und wurden im Laufe der Zeit Freundinnen. Wir sprachen über Roberts momentane Situation. Investoren hatten dem Staatsanwalt gegenüber ausgesagt, dass Robert mit der Sache nichts zu tun habe und sie nie Geschäfte mit Robert getätigt hätten, und das sei positiv. Die Aussage liege der Staatsanwaltschaft schriftlich vor.

Hong brachte mich nach dem Essen auf mein Zimmer.

»Schließ gut die Tür ab«, riet sie mir. »Wir treffen uns morgen um neun Uhr vor dem Hotel.«

Ich legte mich hin, versuchte zu schlafen, machte aber kaum ein Auge zu. Erfreut darüber, dass der nächste Tag angebrochen war, zog ich schlichte Kleidung an und ging in die Lobby, wo ich auf Kuno und Hong wartete. Der Gerichtstermin war für zehn Uhr anberaumt. Ich war pünktlich, aber die beiden erschienen nicht! Dreißig Minuten vergingen, bis sie abgehetzt in der Hotelhalle eintrafen. Kuno rief nach einem Taxi und dann ging es los. Als der Wagen vor dem Gerichtsgebäude hielt, kam uns der Anwalt sowie der Diplomat vom Auswärtigen Amt entgegen. Wir begrüßten uns herzlich. Bevor wir in den Gerichtssaal eintreten durften, wurden unsere Taschen in Schließfächer gesperrt. Wir zeigten die Pässe vor, selbst die Anwälte wurden nicht bevorzugt. Bei dem Diplomaten und seiner Dolmetscherin hatte ich dagegen das Gefühl, sie würden besser behandelt.

In einem Polizeibus kam Robert auf den Parkplatz gefahren. Ich ging nicht in den Saal, ich wartete in der Hoffnung, Robert käme durch den Flur, wo ich auf ihn wartete. So war es auch. Er trug seinen roten Jogginganzug mit der Nummer achtundsiebzig, die Hände in Handschellen. Kurzer Haarschnitt – eine kleine Glatze machte sich bemerkbar – und eine Brille, die zu ihm passte. Er sah durchtrainiert aus. Ja, er sah gut aus.

»Hey Mum, freue mich, dich zu sehen! Alles klar bei euch? Mach dir keine Sorgen!«

Ich spürte seine innere Gereiztheit. Ich sagte ja, dann war er auch schon im Gerichtssaal, ich gleich hinterher. Robert wurde erneut in den Holzkäfig gesetzt, vom Richter begrüßt und befragt, während ein Polizist die Handschellen entfernte. Robert blickte zu uns, er schien gut gelaunt.

Plötzlich wurden ihm die Handschellen wieder angelegt und man führte ihn aus dem Gerichtssaal. Das war es für den Tag, ich konnte es nicht fassen! Der Richter sagte zum Staatsanwalt, er möchte mehr Beweise bis zum folgenden Tag um zehn Uhr. Die Verhandlung werde dann fortgesetzt.

Wir gingen noch essen, aber ich hatte keinen Hunger, aß nur ein wenig Obst. Die hohe Luftfeuchtigkeit machte mir zu schaffen, die schlechte Luft war kaum zu ertragen.

Der Anwalt meinte, es sei ein gutes Zeichen, dass es so gelaufen sei. Kuno musste noch in seinem Büro arbeiten und Hong brachte mich ins Hotelzimmer. Ich bereitete mich für das Bett vor, wollte einfach nur schlafen. Hoffentlich gelang es mir!

Um sechs Uhr stand ich auf, duschte und entschied mich für die Kleidung vom Vortag. Schwarzes, kurzes Jäckchen, schwarzes T-Shirt, eine Muschelkette aus Wangerooge, schwarze Hose, schwarze Lackschuhe. Pünktlich um neun Uhr betrat ich die Hotelhalle, in der ich auf Kuno und Hong wartete. Wir fuhren mit dem Taxi zum Gericht. Wirbelsturm und Regen begleiteten uns während der Fahrt.

Als wir ankamen, wurde auch Robert mit dem Polizeibus und Blaulicht auf den Gerichtsparkplatz gefahren. Ich konnte ihn erkennen, er winkte kurz. Es ergab sich keine Möglichkeit, auf ihn im Flur zu warten. Es war äußerst stürmisch und die Polizei wollte, dass wir sofort nach der Passkontrolle in den Gerichtssaal gehen. Der Flur war offen, der Wind und Regen fegten durch ihn hindurch. Ich hatte auch das Gefühl, ich sollte keinen Blickkontakt zu Robert haben.

Ich unterhielt mich mit unserem Diplomaten über den letzten Besuch in Roberts Gefängnis, als mein Sohn mir aufgetragen hatte, alles zu veröffentlichen. Ich verspürte damals einen Druck, der lange auf mir lastete. Ich denke, unser Diplomat hatte mir das angesehen. Es beeindruckte ihn, mit welcher Stärke Robert die Situation meisterte, es sei ungewöhnlich, da Insassen, die schon zwei Jahre in China inhaftiert seien, alles zugeben würden, um entlassen zu werden. Robert kämpfte dagegen für seine Unschuld.

»Ich kann die Story nicht veröffentlichen, dafür habe ich persönlich zu wenig Wissen. Aber ich kann aus meiner Sicht schreiben, wie ich das als

Mutter erlebe, ich kann Fragen beantworten, die mir gestellt werden und versuchen, einen Verlag zu finden, der das Buch druckt«, sagte ich.

Die drei Richter betraten den Gerichtssaal, wir mussten uns erheben, Robert setzte sich auf seinen Stuhl, die Handschellen wurden gelöst und die Verteidigung nahm ihren Lauf. Auch Vertreter des Auswärtigen Amtes waren wieder anwesend.

Robert antwortete auf die gestellten Fragen, er könne sich nicht erinnern, man solle bitte seinen Anwalt befragen. Mein Sohn drehte sein Gesicht zu uns und er war froh, uns zu sehen. Ich sah seine dicke Wange, seine rechte Gesichtshälfte war angeschwollen. Er konnte nicht sprechen, er war mit Medikamenten vollgepumpt, deswegen hatte sein Anwalt auch die Fragen beantwortet. Sein Weisheitszahn hatte sich über Nacht bemerkbar gemacht.

Kompliment, unser Anwalt hatte die Verteidigung gut vorbereitet. Er trug die Misshandlungen vor, die die Polizisten Robert fünfzehn Monate lang zugefügt hatten. Die Vertreter des Auswärtigen Amtes waren sprachlos. Staatsanwalt und Richter erbosten sich und meinten, er solle sich zügeln, denn die Polizei beschuldige man nicht. Es eskalierte zwischen dem Richter und unserem Anwalt, der Richter verlangte Beweise, die der Anwalt ihm überreichen wollte. Auf diese Weise erfuhr der Richter von den Misshandlungen. Es ist selbst in China nicht üblich, dass Gefangene aus dem Gefängnis gefahren werden, um an einem anderen Ort vernommen zu werden unter schrecklichen Umständen.

Die Richter wurden ungeduldig, weil der Staatsanwalt immer die gleichen Vorwürfe nannte, wenn auch mit unterschiedlichen Aussagen von Zeugen. Es ist nicht üblich, dass Zeugen zum Gericht geladen werden. Die Richter wollten einen konkreten Ablauf der wesentlichen Geschehnisse. Der Staatsanwalt wurde immer unsicherer, weil nichts Neues zu dem hinzukam, was wir seit Juni 2011 bereits wussten. Dafür hielt die Polizei Robert seit Mai 2011 in Untersuchungshaft.

Die Richter gewährten dem Staatsanwalt einen dritten Verhandlungstag am Karfreitag, 29. März 2013, um zehn Uhr. Mein Rückflug ging um einundzwanzig Uhr. Ich konnte also dabei sein. Der Mitarbeiter des Auswärtigen Amtes musste abreisen, ich konnte mich mit Robert nicht treffen, weil bei einem Besuch immer ein Mitarbeiter vom Konsulat anwesend sein muss. Normalerweise hat ein Gefangener nur einmal im Jahr Anspruch auf Besuch. Unser Mitarbeiter versuchte Ersatz zu finden, denn es war ihm wichtig, dass ich meinen Sohn im Gefängnis besuchte. Ich bekam schließlich eine Genehmigung, wir hatten einen Ersatzmitarbeiter vom Auswärtigen Amt bekommen!

Ich war müde, aber hier zu sein, war die richtige Entscheidung gewesen. Ich erlebte vor Ort mit, dass mein Sohn wie ein Schwerverbrecher behandelt wurde.

Im Gerichtssaal entstand Unruhe, Polizeibeamte liefen hinaus und hinein. Es war kalt, dreckig und ungemütlich. Die Richter hatten die Ruhe weg, der eine machte zwischendurch ein Nickerchen, was bei uns in Deutschland unvorstellbar wäre. Der andere gähnte ohne Unterlass. Im Flur hörte ich die Polizisten ständig in ihre Spucknäpfe spucken, einfach eklig. Wenn ich das höre, bin ich für den Rest des Tages satt.

Um zweiundzwanzig Uhr brachte mich Hong in mein Hotelzimmer. Ich verriegelte die Zimmertür, legte mich ins Bett. Ich musste fest geschlafen haben, da vernahm ich plötzlich an der Tür ein Geräusch, so, als wolle einer mit voller Kraft die Tür aufbrechen. Zuerst dachte ich, ich träume, aber es wiederholte sich mehrmals. Vor Aufregung fiel mir die

Telefonnummer von der Rezeption nicht ein, alles hatte ich vergessen, ich hörte mein Herz laut pochen, oh Gott, Hilfe ... Ich schlich zur Tür, hörte einen angetrunkenen Chinesen schimpfen, weil sich die Tür nicht öffnen ließ. Ich meldete mich zaghaft, das sei mein Zimmer, auch auf Englisch. Der Mann, offensichtlich verwirrt, redete weiter, aber wir konnten uns nicht verständigen. Nach zehn Minuten gab er auf, für mich war jedoch die Nacht vorbei. Ich versuchte, mich zu beruhigen, duschte dann, zog mich an und packte meinen Koffer.

Pünktlich um neun Uhr war Hong in der Hotelhalle eingetroffen und erledigte für mich die Bezahlung. Ich erzählte ihr von meiner unruhigen Nacht. Sie war natürlich entsetzt, beschwerte sich bei der Rezeption und es stellte sich heraus, dass das Zimmer versehentlich zweimal vermietet worden war. Gut, dass ich von innen verriegelt hatte, sonst hätte ich das Bett teilen müssen!

Wir machten uns auf den Weg zum dritten Prozesstag, verspäteten uns wegen des Verkehrs. Wir gingen durch die Kontrolle direkt in den Gerichtssaal. Zwei Stunden verbrachten wir dort, bevor wir Robert im Gefängnis besuchten. Um fünfzehn Uhr hatten wir den Termin, wir wurden bereits erwartet. Pässe brauchten wir nicht vorzuzeigen, wir sollten uns in das Besucherzimmer setzen, Robert käme gleich. Die Tür ging auf, Robert kam mit einem Lächeln auf mich zu, er nahm mich in den Arm und wir drückten uns lange. Er setzte sich neben mich auf das grüne Ledersofa. Er berichtete von den Insassen, ich erzählte von seiner Familie und von Freunden, die an ihn glaubten, und davon, dass Moritz im April auf Wangerooge in der evangelischen Kirche getauft werden sollte. Er bestellte an alle liebe Grüße. Polizeibeamte waren nicht anwesend, wir fühlten uns wohl. Ob Wanzen versteckt waren, wussten wir nicht, aber wir gingen davon aus.

Robert war sehr zuversichtlich, er meinte, es könne nicht mehr lange dauern, sie hätten doch keine Beweise.

»Mum, mach dir keine Sorgen, mir geht es gut!«

Er war zufrieden und der Überzeugung, nicht mehr länger als ein halbes Jahr im Gefängnis bleiben zu müssen. Ich konnte es nicht glauben. Ich merkte, wie sich bei mir ein innerer Druck löste, ich hatte das Gefühl, frei zu sein. Wir sprachen fünfzig Minuten miteinander. Die Wärter kamen herein, um Robert in seine Zelle zu bringen, die Verabschiedung fing an.

»Mum, mach dir den Stress nicht mehr, mich zu besuchen, ich bin bald draußen! Bitte glaube mir!«

Er verließ den Besucherraum. Eine dicke Eisentür fiel ins Schloss.

Die Zeit wurde knapp, Kuno brachte mich zur Grenze. Wir verabschiedeten uns, ich bedankte mich herzlich für alles. Ich durchlief die Passkontrolle und fuhr mit einem Taxi eine Stunde nach Hongkong zum Flughafen. Ein Luxus, normalerweise fährt der Zug, natürlich überfüllt, für zwei Euro zum Flughafen. Kuno kaufte mir aber immer ein Ticket für das Taxi für siebzig Euro, der Fahrer kümmerte sich um mich und Kuno war sicher, dass ich auch zu meinem Gate komme und nichts Unvorhergesehenes passiert. Der Fahrer brachte mich mit meinem Koffer bis zum Schalter meiner Fluggesellschaft und verabschiedete sich. Ich erledigte die Formalitäten und ging durch die Passkontrolle in den abgeschlossenen Flugbereich. Hier fühlte ich mich sicher. Ich hörte den Aufruf meiner Fluggesellschaft, wir könnten uns zum Gate 29 begeben, Pass und Ticket noch einmal vorzeigen und dann ging es den langen Weg entlang bis ins Flugzeug. Ich suchte meinen Sitzplatz, fand ihn in der Mitte der Maschine, eine Reihe mit drei Plätzen, ich saß außen, neben mir zwei nette Frauen. Alles in Ordnung! Ich wäre unglücklich gewesen, wenn neben mir ein dicker Mann mit einer Knoblauchfahne gesessen hätte. Dieses Vergnügen hatte ich bereits gehabt: dreizehn Stunden inklusive Schnarchen.

Ich dachte zurück an die vergangenen Tage, ich hatte nach diesem Besuch ein zuversichtliches Gefühl in meinem Herzen. Ich spürte in meinem Körper oft einen Druck, besonders in meiner Herzgegend. Ich war unruhig und wusste genau, jederzeit konnte etwas passieren. Jeder negative Anruf erzeugte diesen unbeschreiblichen Druck. Aber nach diesem Besuch hatte ich jetzt ein anderes Gefühl, ich flog ein bisschen beruhigter in unsere Heimat zurück.

Ein netter Flugbegleiter kam öfter zu mir und fragte mich nach meinen Wünschen, vielleicht etwas zu essen oder einen Rotwein. Ach, dachte ich, warum nicht? Ich ließ mir einen leckeren Rotwein servieren, dazu brachte er mir Salzgebäck. Ich merkte, wie meine Wangen Farbe bekamen, ich spürte eine Leichtigkeit in mir, die ich seit Langem vermisste. Der Flugbegleiter machte Späße mit mir, stellte mir ein zweites Fläschchen hin. Ich fühlte mich befreit, wurde redselig, entspannte mich. Beim dritten Rotwein blockte ich ab. Er lächelte charmant, brachte mir noch etwas Salzgebäck. Ich schlief fest ein, die Flugzeit ging schnell um.

Meine Familie und meine Freunde waren neugierig, was ich zu erzählen hatte. Ich war zufrieden, sie merkten, dass ich nicht traurig war, ich hatte keinen Druck im Körper.

»Es ist gut, wie es im Moment ist, mehr kann ich nicht sagen. Robert lässt euch alle grüßen, er ist sehr zuversichtlich«, sagte ich ihnen.

Als ich am nächsten Tag zum Walken erschien, erzählte ich dasselbe. Robert gehe es den Umständen entsprechend, es werde nicht mehr lange dauern. Der Richter habe keine Beweise, die rechtfertigten, dass er seit dem 21. Mai 2011 inhaftiert ist.

Dieser Zustand der Leichtigkeit und Zuversicht hielt eine Weile an.

Die Taufe unseres süßen Enkelkindes rückte immer näher. Hans-Georg und ich reisten nicht mit dem Auto nach Wangerooge, sondern fuhren fünf Tage mit unseren E-Bikes. Ich spüre ein Schmunzeln der Leute, die gerade mein Buch lesen, aber ein E-Bike ist kein Mofa, man muss auch hier kontinuierlich trampeln, der Vorteil besteht darin, dass man schneller ans Ziel kommt. Die gesamte Radstrecke, den Emsradweg, hatten wir uns ausarbeiten lassen. Wir radelten dreihundertzwanzig Kilometer bis nach Harlesiel, von dort fuhr die Fähre nach Wangerooge. Ich packte nur das Notwendigste ein. Einen kleinen Koffer mit Kleidung für die Taufe nahmen die Schwiegereltern mit.

Georg lud seine Fahrradtaschen voll, befestigte weitere Dinge darauf, sodass das Gepäck höher reichte als der Sattel. Stieg er ab, kippte er mit dem Fahrrad um, rollte sich so elegant ab, dass Viele lachen mussten über die witzige Situation. Wir fuhren zu einem Restaurant mit Übernachtungsgelegenheit und entspannten im Biergarten.

Wir hatten viel Spaß bei unserer Fahrradtour, jeden Tag erlebten wir etwas Neues. Ich hatte auch kein schreckliches oder kribbelndes Gefühl in meiner Magengegend. Wir fuhren am Tag zwischen sechzig und achtzig Kilometer und waren körperlich total ausgepowert. Ich fühlte mich nach langer Zeit richtig wohl! Wir erreichten die Nordsee und konnten dann bis Harlesiel mutterseelenallein direkt auf dem Deich entlangfahren und Schafe beobachten. Es war ein fantastisches Gefühl von Freiheit, ein unglaubliches Gefühl von Weite.

Ich war frei wie ein Vogel. Ich war frei! Ich fuhr mit dem Rad manches Mal so schnell, dass ich dachte, ich würde mich überschlagen, und der Wind, der blies in mich hinein, ich streckte meine Arme aus. Ich flog wie ein Vogel. Das war ein wunderschönes Erlebnis!

Dann erreichten wir Wangerooge, fuhren von Harlesiel mit der Fähre und sahen von Weitem den Leuchtturm, der sich direkt am Bahnhof befand. Unsere Tochter hatte dort standesamtlich geheiratet. Und nun sollte unser Enkelkind in der Evangelischen Kirche, in der meine Tochter getraut worden war, getauft werden. Wir wollten uns vor Ort mit allen treffen. Unsere Unterkunft lag oben am Strand, jeder hatte sein eigenes Zimmer. Für uns wurde ein Tisch reserviert für vier Tage, an dem wir uns alle treffen und zusammen essen konnten. Wir waren unabhängig, es war alles perfekt organisiert und ich fühlte mich richtig super! Eine Woche lang vergaß ich all den Schmerz, fühlte mich gut.

Am Vorabend der Taufe hatte ich das Bedürfnis, mein Notebook anzuschalten, vielleicht war etwas angekommen? Eine Nachricht von Robert vielleicht? Ich las tatsächlich einige Neuigkeiten aus China. Besonders beeindruckt war ich davon – Robert wusste ja, dass wir auf Wangerooge waren, um seinen kleinen Neffen taufen zu lassen –, dass er ein Gedicht selbst verfasst und uns geschickt hat. Wir sollten dies Moritz in der Kirche vorlesen. Ich habe am Abend vorher das Gedicht mehrmals durchgelesen. Es handelt von der Arche Noah.

Die Flut

Von Robert für Moritz

Tag und Nacht Sein Herz mit dir:
Fragst dich, was mach ich hier?
Klein und unschuldig bist du noch.
Doch Vater und Mutter sorgen sich.

Erfahrungen im jungen Leben erwarten dich,
Gut oder böse, richtig oder falsch.
Um mit Weisheit zu richten,
Wissen musst du erstreben.

Doch der Geist, der Heilige,
Durch seine Stimme und durch deine Sinne
Zum Licht in der Dunkelheit
Beide führen dich.

Die Flut, die Noah meisterte
Mit der Öffnung der Welt
Das Unvermeidbare, wieso wir Menschen sind
Die Suche, der Kampf erwarten auch dich.

Die Flut, das Weltliche, das Böse
Überschwemmen versucht sie dich.
Angst zu haben brauchst du nicht
Beschützen der Herr wird dich.

Seinen Gedanken musst du folgen,
Sie sind die Arche, die Noah baute.
In ruhige Gewässer, Richtung Land.
Noahs Arche, deinen Geist, steuern wird sie dich.

Der nächste Tag war sehr aufregend, aber auch sehr schön gewesen. Der Pastor wollte unbedingt, dass wir das Weihwasser, was wir für die Taufe benötigten, aus der Nordsee holten, so flitzte unser Jüngster in seinem guten Anzug noch schnell zur Nordsee, blieb zwischen einigen Prielen hängen und fiel hin. Eine witzige Situation. Wir trafen uns dann alle in der Kirche. Drei Konfirmanden waren auch dabei, die ein Stück über die Arche Noah aufführten. Das war natürlich sehr bewegend, weil ich wusste, dass Roberts Gedicht von meinem Sohn Maximilian vorgetragen werden sollte. Er ging zu dem Kleinen und sprach das Gedicht, das ebenfalls von der Arche handelte. Alles passte zusammen. Meine Tochter brach in Tränen aus und bekam von der Taufe eigentlich gar nicht mehr viel mit. Aber alles in allem war es sehr gelungen.

Wir fuhren wieder mit dem Fahrrad nach Hause, die anderen mit ihren Autos, in denen sie einige schwere Kleidungsstücke von uns mitnahmen, damit wir nicht zu viel Gepäck hatten auf unseren Fahrrädern. Als ich zu Hause ankam, las ich eine weitere E-Mail von unserem Anwalt. Zwei Prozesstage lagen hinter uns, es sollte langsam der dritte Tag kommen. Das geschah dann auch, und zwar, als wir auf Wangerooge waren, und er war wenig vorteilhaft verlaufen. Der Richter hatte den Prozess wegen mangelnder Beweise abgebrochen. Er habe die Polizei und die Staatsanwaltschaft gebeten, innerhalb von vier Wochen neue Beweise vorzulegen, um den Fall weiterzubearbeiten, las ich. Diese vier Wochen bedeuteten, dass Robert wieder in seiner Gefängniszelle untergebracht wurde, wo er auch nicht besucht werden durfte, nur eventuell von seinem Anwalt, und somit hatten wir auch keinen Kontakt zu ihm. Bis ich nach zwanzig Tagen sagte, ich habe so ein komisches Gefühl, ich muss jetzt dem Anwalt mailen, fragen, ob alles in Ordnung ist mit Robert. Er versicherte mir, er werde Robert in der folgenden Woche besuchen, uns dann Bescheid geben. Nachdem er bei Robert gewesen war, mailte er zurück, dass er sehr entsetzt sei. Robert habe einen starken Ausschlag bekommen. Der ganze Körper sei blutig, es würden auch keine Medikamente verabreicht, die ihm hätten helfen können oder die Beschwerden wenigstens hätten lindern können. Vereiterungen wären bereits aufgetreten.

Man muss sich vor Augen halten, dass in China starke Hitze vorherrscht, die Wunden können nicht richtig heilen. Robert konnte auch nicht mehr richtig sehen, sein Augenlicht war angegriffen und da er so erschöpft war, hatte er sich auf das Bett gelegt, was dort gegen die Regeln verstieß. Er musste zur Strafe schreiben, dass er sich an die Regeln halten muss. Das konnte er aber nicht, weil er schlecht sah, er konnte nicht ordentlich auf den Linien schreiben und sie drohten ihm natürlich wieder – wie sie es immer machten in der letzten Zeit – mit der Todesstrafe und mit Anketten. Die Lage hatte sich also dramatisch zugespitzt, ich fühlte mich wieder so hilflos. Unser Anwalt und ich nahmen unverzüglich Kontakt zum Auswärtigen Amt auf. Die Vertreter setzten sich sofort mit der Gefängnisleitung in Verbindung. Robert wurde schließlich medikamentös sehr gut behandelt und die Gefängnisleitung entschuldigte sich mit dem Satz, dass die Wärter, die Robert jetzt zur Kontrolle bei sich hätten, von dem Fall nichts wussten. Es seien neue Wärter und dafür entschuldigte sich die Gefängnisleitung noch einmal. Und das muss man dann akzeptieren! Man kann auch nichts dagegen sagen, auch das Auswärtige Amt nicht. Man wird sprachlos und man muss immer zusehen, wie man selbst damit fertig wird. Manches Mal schaffe ich es, manchmal geht es und dann geht es wieder gar nicht.

Dann sage ich mir, ich muss stark sein, ich muss Kraft haben, nur so werde ich es schaffen, dass ich meinem Sohn auch weiterhin helfen und auch der ganzen Familie beiseitestehen kann. Und ich denke, dass Robert sich allein dadurch über Wasser halten kann, dass er den starken Glauben gewonnen hat.

Er selbst nennt seinen Zustand zuweilen positive Schizophrenie. Andererseits darf nicht außer Acht gelassen werden, dass die Zeit für ihn schon so lange währt, dass man mit dem Verstand überhaupt nicht mehr reagieren kann. Er wartet und wartet. Die vier Wochen, nach denen der dritte Prozesstag stattfinden sollte, sind schon lange vorüber. Mittlerweile sind schon vier Monate vergangen und er erfährt nicht, wann es zum nächsten Prozesstag kommt. Warum nicht? Weil keine Beweise vorliegen. Das ist in China gang und gäbe, die Polizei hat die Macht. Sogar die Anwälte müssen vorsichtig sein mit dem, was sie sagen. Das muss man einfach verstehen, wie es da läuft, aber es ist sehr, sehr schwierig.

Unerwartet erhielt ich einen Brief vom Auswärtigen Amt, das dafür gesorgt hatte, dass ein weiterer Prozesstag anberaumt wurde. Wir sollten die Termine angeben, an denen wir nach China fliegen könnten. Wir überlegten nicht lange, wir antworteten, dass wir in der Zeit vom 9.9. - 13.9. nach China reisen könnten, und schrieben zudem, dass wir Robert unbedingt an seinem Geburtstag am 12.9. sehen möchten. Dies sendete ich unserem Anwalt sowie an das Auswärtige Amt und es dauerte nicht lange – zwei Tage später bekam ich Bescheid, dass wir zu dem Termin anreisen können. Der Prozesstag werde am 9.9.2013 stattfinden.

Die Anspannung stieg natürlich, uns blieb ungefähr noch eine Woche Zeit, um Tickets zu besorgen, um Vorbereitungen zu treffen, und am

7. September flogen wir nach China. Der Flug ging von Frankfurt nach Taiwan, zwölfeinhalb Stunden, und weiter von Taiwan nach Hongkong, noch einmal zwei Stunden. Kuno, Roberts Freund, holte uns ab. Wir waren natürlich alle sehr aufgeregt. Kuno brachte uns nach Shenzhen, noch einmal eine Busfahrt von Hongkong nach Shenzhen, und bis wir in unserem Hotel ankamen, vergingen weitere anderthalb Stunden.

Insgesamt waren wir circa achtundzwanzig Stunden unterwegs und dementsprechend müde. Kuno hatte beruflich etwas zu erledigen, also verabredeten wir uns am Abend mit Hong zum Essen. Ich liebe es, in China in den kleinen Grillrestaurants zu essen, dort, wo auch die Einheimischen etwas zu sich nehmen. Wir erzählten uns noch viel, dachten darüber nach, wie der kommende Tag ablaufen könnte. Es war mittlerweile Sonntagabend und am folgenden Tag sollte der Prozess weitergeführt werden. Hong brachte uns nach dem Essen ins Hotel – eine recht anonyme Unterkunft. Wir bezogen ein hübsches Zimmer im 23. Stockwerk, versuchten zu schlafen, was kaum möglich war. Georg und ich waren sehr nervös, ich bemerkte, dass er nachts öfter aufstand, hin- und herlief. Ich blieb zwar ruhig auf meiner Seite liegen, an Schlaf war jedoch nicht zu denken.

Der Morgen graute, wir standen rechtzeitig auf. Georg zog einen dunklen Anzug an mit weißem Hemd, ich kombinierte eine weiße Bluse mit einer schwarzen Hose, da uns aufgefallen war, dass die meisten Bediensteten bei Gericht genauso gekleidet waren. Kuno holte uns an der Rezeption ab, wir fuhren mit dem Taxi zu einer Haltestelle, um mit der U-Bahn weiterzufahren. Die Straßen sind dermaßen überfüllt zu dieser Tageszeit, dass wir nicht pünktlich am Gericht erschienen wären. Wir stiegen nach sieben Haltestellen aus, brauchten nur die Straße zu überqueren und standen vor dem Gerichtsgebäude. Die Sekretärin unseres Anwalts empfing uns, und sie meinte, der Anwalt komme etwas später wegen dieses Staus. Zwei Mitarbeiter des Auswärtigen Amtes würden sich ebenfalls verspäten.

Wir mussten unsere Pässe vorzeigen, konnten den Gerichtssaal betreten und warteten hier auf den Anwalt und die beiden Mitarbeiter vom Auswärtigen Amt. Auch die Richter verspäteten sich und so verschob sich der Beginn des Prozesses um eine halbe Stunde.

Der Anwalt kam, wir begrüßten uns sehr herzlich, die beiden Mitarbeiter des Auswärtigen Amtes erschienen ebenfalls; sie hatten allerdings Schwierigkeiten. Sie sollten ihre Taschen abgeben und darauf ließen sie sich natürlich nicht ein, weil sich in den Taschen geheime Unterlagen des Auswärtigen Amtes befanden. Unser Anwalt kümmerte sich darum, dass die Taschen doch mitgenommen werden konnten in den Gerichtssaal, nach langem Hin und Her willigten die Polizisten ein. Ich begrüßte eine Dame des Amtes, die mit uns oft telefoniert hatte, die mir damals auf Wangerooge Bescheid gegeben hatte, dass mein Sohn in Shenzhen inhaftiert worden war. Wir standen zwischendurch immer wieder in Kontakt – ich bekam zwischenzeitlich auch einen anderen Sachbearbeiter – und ich freute mich, dass die Dame und die Dolmetscherin mit uns heute den Prozesstag verfolgen würden.

Wir betraten gemeinsam den Gerichtssaal. Hier ging es äußerst chaotisch zu, da der zuständige Dolmetscher nicht anwesend war, also hatte das Gericht entschieden, sich einen anderen Übersetzer auszusuchen. Unser Anwalt merkte an, dass dieser Dolmetscher gleichzeitig als Zeuge geladen war, woraufhin er entlassen wurde. Somit fehlte uns jemand, der Chinesisch ins Englische übersetzen konnte. Kurzerhand kümmerte sich das Gericht um einen neuen Dolmetscher. Hereinkam ein junges Mädchen, lustig und vergnügt – das war nun unsere Dolmetscherin.

Der Prozess fing an, der Richter stellte dem Staatsanwalt erneut Fragen nach neuen Beweismaterialien, denn der letzte Prozesstag hatte im April stattgefunden. Damals war der Richter verärgert darüber, dass keine neuen Beweise vorgelegt wurden, immer die gleichen wie bereits vor zwei Jahren, die nicht begründeten, warum mein Sohn überhaupt im Gefängnis einsaß. Die Polizei hatte seinerzeit vier Wochen Zeit bekommen, um neue Beweise vorzulegen, aber aus diesen vier Wochen sind mittlerweile vier Monate geworden.

Im Gerichtssaal herrschte seit Beginn dieses Prozesstages eine große Unruhe. Robert trug ein kurzärmeliges, rotes T-Shirt mit der Nummer 689, eine kurze Jogginghose und Badelatschen. In Handschellen wurde er in den „Gefängniskäfig" gesetzt. Er brauchte nur einen Blick, um sofort zu sehen, dass wir in der zweiten Reihe saßen und er lächelte uns ein wenig an. Sein Gesichtsausdruck verriet enorme Anspannung, aber auch Wut. Ich glaube, er hätte am liebsten geschrien, wäre am liebsten weggelaufen. Robert wurde vernommen, seine Personalien wurden aufgeschrieben. Robert fragte erneut nach seinem Laptop, den er vermisse, seitdem er inhaftiert ist, dort seien alle Beweismittel aufgeführt. Er vermisse ferner zwei wertvolle Uhren und etwas Bargeld.

Diese Gegenstände sind übrigens bis heute nicht aufgetaucht. Die Polizei behauptet standhaft, diese Dinge existierten gar nicht, sie besäßen sie nicht. Robert und unser Anwalt geben dagegen an, bei der Inhaftierung hatte nur die Polizei den Schlüssel, um in Roberts Wohnung zu gelangen. Somit ist eigentlich klar, dass da irgendetwas nicht stimmt.

Der Staatsanwalt machte einen extrem unruhigen Eindruck bei dieser Verhandlung. Wenn der Richter etwas fragte, blätterte er unsicher in seinen Unterlagen. Er behauptete fortwährend, die Polizei mache ihre Arbeit korrekt. Diese Aussage verärgerte den Richter dermaßen, dass dieser abrupt aufstand, den Gerichtssaal verließ und somit die Verhandlung abbrach. Wir waren natürlich entsetzt darüber, dass dieser Prozesstag nach zwanzig Minuten vorüber war. Die Mitarbeiter des Auswärtigen Amtes waren ebenfalls sprachlos. Welche Rolle spielte Robert überhaupt noch? Was sollte das? Wir waren total irritiert. Unser Anwalt beruhigte uns, sagte, wir sprächen uns später beim Essen.

Im Saal war es immer noch laut und unruhig, so schrie ich, als Robert in Handschellen abgeführt wurde: »Wir sehen dich an deinem Geburtstag, wir haben Besuchsrecht, wir kommen!«

„Ja, Mum", sagte er, „ich weiß."

Erschüttert angesichts der Geschehnisse verließ er den Gerichtssaal. Unser Anwalt führte uns in ein Restaurant, das er gerne mit seinen Klienten aufsuchte. Eigene, kleine Zimmer mit Waschraum und Toilette gibt es dort. Man kann sich ungestört unterhalten und dabei gemütlich essen. Für unseren Anwalt ist der Lunch eine wichtige Mahlzeit an seinem Arbeitstag, die er ausgiebig zwei Stunden lang genießt. Seine Arbeitszeit geht von morgens bis elf oder zwölf Uhr nachts. Vom Auswärtigen Amt begleitete uns eine Dame, von der ich annahm, sie habe selbst Kinder und könne sich als Mutter besser in die Situation hineinversetzen als ein Mann. Sie spürte sofort, wie ich denke, wie ich reagiere, welches Leben ich führe. Wir verstanden uns sehr gut, obwohl ich sie während der Telefonate, die ich in der vergangenen Zeit mit ihr geführt hatte, als eher reserviert empfand. Aber ich setzte dieses Mal sehr, sehr viel Vertrauen in sie. Sie stellte dem Anwalt Fragen zum weiteren Ablauf und sie wollte noch mehr über den Fall wissen. Sie sagte weiter, sie müsse Berichte schreiben und nach Peking schicken, das sei die höchste Instanz des Auswärtigen Amtes in China, wo nun alles behandelt werde. Denn diesen Hilferuf, den Brief, den Robert mir geschrieben hatte, habe ich weitergeleitet. Dadurch ist dieser Brief in Peking angekommen. Das klang in dem Moment äußerst vielversprechend, als sie mir sagte, dass auch Peking involviert sei und sich um den Fall kümmere. Ich erhoffe mir, dass sie als weibliche Mitarbeiterin den Bericht möglicherweise anders schreiben wird, etwas gefühlvoller – Frauen schreiben doch auf eine andere Art als Männer, die eher sachlich verfassen. Wir verabschiedeten uns nach dem Essen, mittlerweile war es später Nachmittag geworden, die Mitarbeiter des Auswärtigen Amtes mussten nach Guangzhou zurück – mit dem Zug und Taxi sind sie ungefähr zweieinhalb Stunden unterwegs. Sie hatten viel Zeit an diesem Montag mit uns verbracht, worüber ich mich freute, weil wir viele Dinge bereden konnten.

Am Dienstag hätten wir machen können, was wir wollten, aber Kuno ließ uns nicht aus den Augen. Er war sehr bemüht, sich um uns zu kümmern. Obwohl wir merkten, dass er auch in seiner eigenen Firma zu tun hatte, Hong ebenfalls, versuchten sie, uns einen netten Tag zu gestalten. Wir verbrachten einen angenehmen Tag miteinander und am Abend brachten sie uns zurück ins Hotel. Am Mittwoch beschlossen Georg und ich, etwas zu zweit im Umkreis dieses Hotels zu unternehmen. Wir suchten die Geschäfte auf, die sich unterhalb der großen Hotelanlagen befanden. Riesengroße Supermärkte und Lebensmittelgeschäfte schauten wir uns an, und es war erschreckend, sich in der Fleischabteilung aufzuhalten. Da lagen die rohen Fleischstücke, Hähnchen-, Hühner-, Putenstücke, alle einzeln in Kisten, ungefähr ein Meter mal ein Meter und sechzig, siebzig Zentimeter tief. Mit Kunststoffhandschuhen kann man so lange rumwühlen, bis man für sich das passende Stück Fleisch gefunden hat. Das Gleiche gibt es noch mit anderen Fleischstücken sowie mit Fisch. Sie liegen einfach ungekühlt in diesen Truhen. Der Gestank war erbärmlich – die Temperatur lag bei 32°. Die Zimmer und die Geschäfte besitzen natürlich Kühlanlagen, es zieht auch sehr stark, man erkältet sich schnell – aber der Geruch, der lässt sich nicht vermeiden. Es war für uns unerträglich, in diese Lebensmittelabteilung zu gehen. In der Obstabteilung entdeckten wir Früchte, die wir nicht kannten, und wir kosteten davon. Bald reichte uns der Ausflug, wir wollten einfach nur noch zurück ins Hotelzimmer. Wir waren also früh zurück in unserem Zimmer, Kuno telefonierte öfter mit uns und fragte, ob auch alles in Ordnung sei. Wir versuchten zu schlafen, das gelang uns jedoch nicht, wir beschäftigten uns mit unseren Handys, auf denen wir uns deutschsprachige Filme ansehen konnten. Um uns ein bisschen abzulenken, schauten wir Sport und irgendwelche Filme, die mich nicht besonders interessierten. Ich empfand dies als eine willkommene Ablenkung.

Wir standen wieder früh auf, denn wir mussten um 10.30 Uhr in der Gefängnisanlage sein. Hong und Kuno fuhren mit. Wir hatten auch bereits unsere Koffer gepackt, weil wir am selben Abend um 18.30 Uhr von Hongkong zurückflogen, unser Gepäck stand in der Rezeption bereit, somit konnten wir mit dem Taxi zur Anlage fahren, wo wir uns mit dem Anwalt und mit den beiden Mitarbeitern vom Auswärtigen Amt getroffen haben. Georg und ich betraten das Vorzimmer, in welchem wir normalerweise unseren Personalausweis vorlegen mussten. Wir wunderten uns darüber, dass wir das alles dieses Mal nicht zu machen brauchten. Wir gingen in den Besucherraum mit dem großen grünen Ledersofa und zwei Ledersesseln, seitlich ein Tisch, die Fenster mit Gitterstäben verriegelt, und warteten auf unseren Robert. Es dauerte auch nicht lange, da sprang die große Eisentür auf und Robert stand bei uns mitten im Raum und alle gemeinsam riefen wir: »Happy Birthday, Robert!« Ich hätte mir nie vorstellen können, dass ich seinen 31. Geburtstag in einem Gefängnis in Shenzhen feiern würde. Die Situation war insgesamt sehr nüchtern, Robert meinte, hier feiere man eigentlich keinen Geburtstag, aber ich spürte, wie sehr er sich freute, dass wir doch bei ihm waren. Ich nahm meinen Sohn ganz fest in die Arme, drückte ihn, ließ ihn gar nicht mehr los. Alle Anwesenden wünschten Robert Glück: Georg, die Mitarbeiter des Auswärtigen Amtes, Kuno und Hong. Er setzte sich in den Ledersessel, wir nahmen auf einer großen Bank Platz. Das Gespräch war sehr, sehr schön, aber ich registrierte Roberts Nervosität. Ich überreichte ihm Karten und Bilder von seinen Geschwistern und von den Großeltern, was ihn etwas aufheiterte.

Vor der Abreise nach China hatte uns unsere Tochter eine wunderschöne Schutzengelkarte vorbeigebracht, auch diese zeigte ich meinem Sohn. Diese Karte war auf beiden Seiten beklebt mit einem Foto von meinem Enkelkind Moritz, den ich auf dem Arm halte, mit einem Spruch dazu: »Meine Eltern wünschen euch eine gute Reise und so lange bin ich euer Schutzengel. Bis bald.« Auf der Rückseite war die kleine komplette Familie abgebildet. Diese Karte hatte ich immer bei mir in meiner Handtasche, und jedes Mal, wenn ich den kleinen, süßen Schatz ansah, verspürte ich in dem Moment Glücksgefühle und alle meine Sorgen waren verschwunden. Wir haben im Hotel in Shenzhen, wenn es uns nicht so gut ging, wir traurig waren, immer auf diese schöne Karte geschaut und der Gesichtsausdruck von dem Kleinen – das waren pure Glücksmomente. Ab und zu, nachdem man länger auf die Karte geblickt hatte, rollten die Tränen. Auch Georg beobachtete ich dabei, wie er weinte.

Ich zeigte Robert natürlich auch das Layout dieses Buches, was bald fertiggestellt wird und was ich zu vermarkten versuche.

»Ich hoffe, es gefällt dir, Robert«, sagte ich.

»Mum, total toll, dass du das in Angriff genommen hast, ich freue mich riesig und das sieht gut aus. Ich bin stolz auf dich, dass du das wirklich durchgezogen hast! Und bestell deiner Autorin sehr herzliche Grüße von mir. Ich freue mich, dass sie das mit dir gemeinsam gemacht hat.«

Schließlich stellte die Mitarbeiterin vom Auswärtigen Amt Robert ein paar Fragen.

»Herr Rother, Ihr Hilferuf und die Situation danach war für Ihre Eltern und für Ihre Familie unerträglich. Deswegen sind wir jetzt auch hier an diesem Tag. Das kann man einfach nicht aushalten, wenn eine Mutter so einen Hilferuf bekommt.«

Da stand er plötzlich auf, zeigte uns seine Handgelenke, die völlig zerquetscht waren.

»Seht euch meine Abdrücke an! Das sind Vernarbungen von Handschellen. Die haben mich gefesselt, die haben mich mit langen, breiten Handschellen angekettet, quer über meinen Oberkörper!«

Robert riss sein Hemd hoch, zeigte uns seinen Oberkörper voller Kettenstriemen wie Narben.

»So fest haben sie mich angekettet. Ich musste auf einer Holzpritsche liegen mit einer Öffnung, darunter stand ein Eimer zum Scheißen! Ich habe Nöte ausgestanden, ich konnte nicht mehr, ich musste es tun.«

In dieser plötzlich auftretenden Stille dachte jeder bei sich: ‚Mein Gott, was muss der Junge alles erleiden!‘

Dann sagte mein Sohn zu mir: »Mama, das, was ich geschrieben habe, das war für euch ein Schock in dem Moment. Aber für mich ist das ein Dauerzustand. Ich kann nicht mehr. Ich versuche zu kämpfen, aber es passiert nichts. Ich werde überhaupt nicht angehört. Man macht nichts!«

»Herr Rother, es ist gar nicht so negativ, dass der Prozesstag so schnell beendet wurde«, meinte unser Anwalt, »möglicherweise findet sofort ein anderer, neuer Prozess statt.«

Unser Anwalt war voller Hoffnung und machte Robert Mut und ich hatte hinterher das Gefühl, dass mein Sohn weiterkämpfen wird.

»Robert, du darfst dein Leben nicht beenden. Wir brauchen dich und du brauchst uns und wir werden noch ein glückliches Leben miteinander führen können«, sprach ich.

»Mum, ich werde kämpfen. Das habe ich vor, aber irgendwann, wenn ich merke, es geht nicht mehr, dann kann ich nicht weitermachen. Und ich werde nichts unterschreiben, was ich nicht getan habe. Wenn sich nichts tut und ich nicht mehr kann, dann muss ich meinem Leben ein Ende setzen.«

Wir hoffen natürlich weiterhin, dass das nicht eintreten wird. Die Situation ist für uns alle sehr erschreckend. Es kann auch sein, dass es noch Jahre dauert, bis es zu einem Urteil kommt. Daran mag ich gar nicht denken!

Die fünfzig Minuten Gesprächszeit waren vergangen, wir mussten uns verabschieden. Wir nahmen uns ganz fest in die Arme.

»Ich möchte gerne ein Bild von dir haben«, flüsterte ich Robert zu und wir schafften es tatsächlich. Es war zwar kein Polizeibeamter anwesend, wir ahnten allerdings, dass der Raum verwanzt war, dass wir abgehört wurden, aber was spielte das für eine Rolle? Ich nahm mein Handy aus der Tasche, konnte drei Fotos von Robert machen – schöne Bilder! Ich zeigte sie Robert, bevor ich das Handy verstaute. Wir lagen uns noch einmal in den Armen, dann ging er zu dieser schweren Eisentür, die sprang auf und Robert verließ den Raum.

Die Aufnahmen habe ich, wer weiß, wann ich ihn wiedersehe.

Wie geht es weiter?

Das ist mein letzter Stand. Im Moment ist eine Leere in mir. Wir warten, gucken jeden Tag aufs Neue. Ist etwas gekommen vom Auswärtigen Amt, wann findet der nächste Prozesstag statt, wann können wir mit einem Urteil rechnen? Und so lebe ich, so lebe ich jetzt jeden Tag weiter. Ich bemühe mich, immer wieder für alle da zu sein, die starke Frau zu spielen. Ich weiß auch nicht, woher ich die Kraft nehme. Ich merke, dass ich sehr, sehr müde bin, mich einfach in die Ecke setzen möchte, und gar nichts tun. Ich bin froh, dass ich tagsüber im Moment alleine bin, mein jüngster Sohn hat seinen Abschluss gemacht an der Universität und er absolviert gerade ein Praktikum in Frankfurt. Von daher hat er auch viel mit seinem Umzug zu tun, sucht eine neue Wohnung. Er ist kaum mehr bei uns zu Hause. Es hat sich natürlich für mich ein Loch aufgetan, weil ich jetzt fast den ganzen Tag alleine bin, aber ich merke auch, dass ich jetzt für mich das tun kann, wonach mir gerade ist. Ich bin im Moment müde, ich lege mich hin, ich will aufräumen, aber ich schaffe es nicht. Das ist nicht schlimm, ich kann mich hinlegen, ich kann es morgen erledigen und ich versuche, das ein bisschen zu genießen, dass ich die Möglichkeit habe. Ich bin nicht jeden Tag berufstätig und von acht bis sechzehn Uhr unterwegs. Ich habe das große Glück, dass ich meine Arbeitszeiten einteilen kann. Dafür bin ich sehr dankbar. Ich sage mir dies auch jeden Tag aufs Neue, dass es gut ist, dass ich diese Möglichkeit habe.

Ich weiß nicht, wie lange, aber im Moment ist Stillstand und ich versuche, an jedem Tag, an dem ich keine neue E-Mail aus China bekomme, einen Taglang abzuschalten, viel Sport zu treiben, viel Rad zu fahren und meine Tochter zu besuchen. Dort kann ich Spaß mit meinem Enkel haben, sehen, dass er tagtäglich immer fitter wird. Ich besuche auch einen Computerkurs, um mich technisch weiterzubilden. Das bedeutet für mich auch ein Stück Freiheit, dass ich die neuen elektronischen Medien nutzen kann.

Die Zeit ist für mich auch wichtig geworden. Mein Sohn ist nun bereits seit fast tausend Tagen in China inhaftiert unter ganz schrecklichen Umständen. Er versucht aber, für sich das Beste draus zu machen, indem er zum Beispiel diesen sehr starken Glauben an Gott gefunden hat, was auch gut ist.

Ich kann nach dieser langen Zeit damit besser umgehen, ich kann mit Leuten sprechen, ich werde auch angesprochen, ich kann reden, und das tut mir eigentlich ganz gut, ich muss mich nicht verstecken und ich muss auch nicht immer heulen, obwohl es Tage gibt, an denen ich es nicht zurückhalten kann. Dann weine ich den ganzen Tag, das brauche ich auch. Aber ich merke auch, dass es mir am nächsten Tag wieder besser geht, ich habe Kraft getankt und diese Kraft gebe ich dann weiter an meine Familienmitglieder, an meine Eltern und Freunde, die auch immer zu mir kommen, wenn sie selbst Probleme haben. Nach wie vor fragen sie mich: »Wie schaffst du das?« Ich antworte dann: »Ich muss, ich muss, ich kann nicht anders! Ich muss stark bleiben, sonst würde hier nichts passieren.« Wenn das eigene Kind in einem Land wie China oder einem ähnlichen Land inhaftiert ist, dann ist die Mutter die starke Bezugsperson, die sehr viel unternimmt und mitfühlt. Eine Mutter kann sehr, sehr viel aushalten. Während des Krieges war es ähnlich, es waren auch hier die Mütter, die nicht wussten, ob der Sohn nach Hause zurückkehrt oder nicht, sie hatten viele Sorgen, aber so funktioniert eben eine

Mutter: Sie wird sich ihr Leben lang sorgen. Ich versuche auch anderen Müttern, die sich in einer ähnlichen Situation befinden, Mut zu machen.

Das ist ein Teil meines Lebens geworden, damit muss ich fertig werden, damit muss ich leben. Trotzdem etwas Spaß zu bekommen, dafür sorgt die Zeit, die Zeit ist für mich ganz wichtig! Wenn ich bedenke, wie das alles noch vor einem Jahr aussah ... Ich habe so viel geschafft bis jetzt und ich weiß, ich werde es weiter schaffen, ich kämpfe und kämpfe und lasse mich auch nicht unterkriegen! Ich bin sehr selbstbewusst geworden. Ich lasse mir auch nicht mehr sagen: »Wieso redest du darüber? Sei doch erst mal ruhig.« Dieses Thema kommt immer wieder zur Sprache: Was werden die anderen sagen? Mir ist das jetzt alles völlig egal! Ich bin alleine mit der Situation, ich muss alleine damit fertig werden, man hat keine Menschen, die wirklich dabei sind und einem helfen. Jeder denkt an sich und ich denke jetzt an mich und sage: Ich werde es schaffen auf meine Art und Weise und dazu stehe ich!

Letzte Woche bin ich spontan mit Auto und Fahrrad nach Frankfurt gefahren. Ich besichtigte die Altstadt und schlenderte durch die Stadt. Die historischen Gebäude mit ihrer Geschichte waren schon beeindruckend, aber wirklich interessiert haben sie mich nicht.

Auf dem Römerplatz betrat ich eine Weinstube und trank einen guten Wein. Mein Kopf war leer, und nach einer Stunde brach ich auf, ich wollte zum Fahrrad zurück – da sah ich ein wunderschönes, altes Holztor. Es stand etwas offen und ich blinzelte hinein. Oh … unglaublich! Ein kleiner Gang mit Hunderten von Kerzen, die am Wegrand leuchteten, über den Kerzen ein kleines Holzdach mit Engeln. Ich ging langsam weiter und wurde in den Hofgarten des Klosters der Liebfrauenkirche geführt. Ich bekam eine andere Stimmung, mir wurde es wohl ums Herz, ich fühlte mich gut und hielt mich in dem Klostergarten etwas länger auf. In einer anderen Ecke sah ich wieder ein Holztor, ich öffnete es und stand in der Liebfrauenkirche, ein schönes Gefühl!

Ich suchte eine Nische auf, in der ich zu Jesus am Kreuz blicken konnte, setzte mich nieder und dachte an den letzten Brief, den Robert mir geschrieben hat.

Ich muss lange dort verweilt haben, plötzlich bekam ich Schweißausbrüche, mir wurde schwindelig und ich rannte in den Klostergarten, dort setzte ich mich, um wieder zu mir zu kommen. Es dauerte eine Zeit, mein Herz schlug wieder normal, die Schweißausbrüche verschwanden und ich ging den Weg der vielen Kerzen entlang.

Dann sah ich ein aufgeschlagenes Buch mit dem Titel *Deine Wünsche nehme ich auf in mein Gebet ...*

Jemand musste meine Hand geführt haben, ich schrieb die Geschichte von meinem Sohn Robert, der in einem chinesischen Gefängnis inhaftiert ist, nieder. Mit seinem letzten Hilferuf beendete ich die Seite, unterschrieb mit meinem Namen und hinterlegte meine Telefonnummer.

‚Warum die Telefonnummer?', fragte ich mich und stellte gleichzeitig fest, wie sehr ich mich über einen Anruf freuen würde!

Ich zündete eine Kerze an und verließ langsam, ganz entspannt den Klostergarten der Liebfrauenkirche.

Bis zu Roberts Entlassung werde ich weiter hoffen, immer wieder hoffen und stark glauben: Gott wird noch ein Zeichen geben!